今夜は㋮のつく大脱走！

喬林　知

12259

角川ビーンズ文庫

今夜はマのつく大脱走!

今夜はマのつく大脱走！
ニコラ
ある魔族と恋に落ちた
人間の少女。
ユーリたちと一緒に
政略結婚式から
逃げ出す。
コンラッド
【ウェラー卿コンラート】
前魔王の次男で、
ユーリの名付親。
軽やかな性格と柔軟な
思考を併せもつ好青年。
ユーリ
【渋谷有利】
正義感と負けん気
が人一倍つよい高校生。
このたびめでたく
第27代魔王に就任。
主人公。
Tomo Takabayashi
illust. Temari Matsumoto

登場人物紹介

ギュンター
【フォンクライスト卿ギュンター】
王佐、つまり魔王の教育係としてユーリに仕える貴族。
過保護は愛ゆえか。

ヴォルフラム
【フォンビーレフェルト卿ヴォルフラム】
前魔王の三男。
わがままプー。
ひょんなことからユーリの婚約者に。

グウェンダル
【フォンヴォルテール卿グウェンダル】
前魔王の長男。
冷徹な皮肉屋。
弱点はアニシナ。

ツェリ
【フォンシュピッツヴェーグ卿ツェツィーリエ】
第26代魔王。
（現在は上王陛下）
三兄弟の実の母。
フェロモン系美女。

本文イラスト／松本　テマリ

さて、そちらの世界の眞王陛下《しんおう》とやら。

私は貴殿《きでん》の望みどおりに息子《むすこ》を育て上げたつもりだ。

黒い髪《かみ》、黒い瞳《ひとみ》、日本人のDNA。情熱と根性《こんじょう》と正義感、ゲームをつくる思考能力。

そもそも、何故《なぜ》私たち夫婦《ふうふ》が、第二十……いくつだったかな……二十代後半の魔王《まおう》を育てるなどという、重責を任されたのか見当もつかないのだが、私としてはかなりの傑作《けっさく》をお届けできたと自負している。これは妻も同意見だ。どうだね、うちの自慢《じまん》の息子の、そちらの世界での活躍《かつやく》ぶりは？

だが、私達夫婦はその子を貴殿にさしあげるつもりはない。勘違《かんちが》いされては困るが、あくまでも彼は『渋谷有利《しぶやゆーり》』なのだ。不当な扱《あつか》いを受けるようならば、どんな手段を使ってでも取り戻《もど》す。

なあ有利、あっちでひどいことされたりしなかったか？　悩《なや》みがあったら、何でも相談しろ。おとーさんの胸にどーんと飛び込んでこい！　男同士、腹を割って話し合おうじゃないか。

つーかさぁ、ゆーちゃん最近、おとーさんに冷たくなーい？

1

男同士でシーワールド。

「……どうしてこんなことになっちゃったんだ」

夏休み真っ最中、創《つく》ったばかりの草野球チームと、人生の大半を捧《ささ》げている西武《せいぶ》ライオンズのために毎日忙《いそが》しくベースボールしてたおれは、友人の悲壮《ひそう》感漂《ただよ》う電話で呼び出された。

「ふられた」

「嘘《うそ》ッ!? お前って彼女いたの!?」

「違う。告白《こく》ってデートに持ち込もうと思って、前売りチケット買っといたのに、やっぱりふられたんだ」

「じゃあお前、このクソ暑いのに告白したんだ」

「いや、してないけど」

「なにー!?」

ふられた、と、ふられたも同然とでは意味が違うと、何度も説得してみたのだが、村田《むらた》は気弱に微笑《ほほえ》むばかりで、前向きになろうとしなかった。もったいないのは買ってしまった前売り券だ。払《はら》い戻すのも面倒《めんどう》だし、誰《だれ》かにあげるにしても期日指定はやっかいだ。七月末の土曜日では、ほとんどの友人は予定が入ってる。もちろんおれも、ヒマではなかった。

「二十八日は西武ドームでナイターが……」

「ナイターが何だって？」

中二中三とクラスが一緒《いっしょ》だった眼鏡《めがね》くん、村田健《けん》は、彼にしては珍《めずら》しく声を荒《あら》げた。

「僕をどれだけ野球に付き合わせた？　試合観《み》にいくだけじゃなくて、チームの練習にまで顔を出させてるじゃないか。巨大《きょだい》なクーラーボックス持たされて！　だったらせめてこういうときくらいは、傷心の友達に時間つかってくれてもいいんじゃないの⁉　入場料、僕持ちなんだからさあっ」

「判《わか》った、わかったってばもう。行くよ行くよ、行きますよ。行きますけどォー、そのパワーで彼女にぶつかれば、案外オッケーだったんじゃねーの？」

友人は、ふっと空を見上げた。芝居《しばい》がかっている。

「渋谷だ原宿《はらじゅく》だなんてトレンディな名前の奴《やつ》には、僕の気持ちは解《わか》らないよ」

「……トレンディって……村田、お前ってホントは何歳？　いや待て、聞き捨てならねーぞ⁉　原宿は違うでしょ、原宿は！」

そう、おれの名前は渋谷有利。祐里でも優梨でも悠璃でもなく。だからって原宿が不利だとは、断じて思っておりません。この名前のせいで、生まれて十五年間、どんなに苦労したことか。父親が銀行屋だったから、利率のことばかり考えて、息子にまでこんな名前をつけてしまったのかと、両親のネーミングセンスを疑ったりもした。結局、出産間近の母親をタクシーに相乗りさせてくれた親切な青年が名付親だと判ったのだが……だとしてももうちょっとこう、人名らしい漢字をあててくれたってよさそうなもんだ。まあ最近では、勝利と書いてショーリと読む兄よりはましかなと思うようになった。おれも大人になったもんだ。

というわけで、ふられたも同然と決めつけてる村田健と、野郎《やろう》二人でシーワールド。カップルあんど親子連れで混み合う水族館を、野球小僧《こぞう》と眼鏡くんの不自然な組み合わせでウロウロしている。水槽《すいそう》の真ん中を通り抜《ぬ》けるアクアチューブは綺麗《きれい》だったし、オウムガイもミノカサゴもハタタテダイも、ピラルクもノコギリエイも優雅《ゆうが》だった。鰯《いわし》や鰹《かつお》は美味《うま》そうだった。

「でも、隣《となり》を見ると彼女じゃなくて村田健」

「なんだよー、じゃ、手でもつなぐ?」

「冗談《じょうだん》じゃない。自分のモテなさを呪《のろ》ってるだけだよ。彼女のいない人生、明日で十六年目に突入《とつにゅう》だかんな」

「明日誕生日!? へえ、そーだったんだ、じゃあなんか欲しいもん言えよ。安い物ならプレゼントするから。さっき売店で見たストラップとかは? ゴマフアザラシのゴマゾウくんの」

「嫌《いや》がらせかよ。おれの携帯壊《けいたいこわ》れてんのに」

「そうだっけ。早く新しいの買えよ。メールできないと不便だし」

だらだらと列に流されながら、おれは右手の甲《こう》を見て溜息《ためいき》をついた。一日有効の入場者スタンプが、特殊《とくしゅ》インクで押《お》されている。スキャナー下をくぐるときだけ、青白いマークが浮《う》かび上がる。

「いいんだ別に。おれメル友とか必要ないし。正体も判らない誰かと会話しててさ、相手が社長とか大統領とか王様だったりしたらどーするよ。国際問題になっちゃうだろ」

「そんなバカな。実は王様でしたなんて、少女漫画《まんが》じゃあるまいし」

ところが、意外と身近にあったりするのだ。知り合いが王様になっちゃう話が。

ありきたりな高校生活を送っていたおれは、ほんの三ヵ月ばかり前、洋式便器から異世界へGO! なんて、夢としか思えないような体験をした。そちらの世界でのおれのジョブが王様。十六歳目前の若さと未熟さで、一国一城の主《あるじ》というわけだ。

しかも、そんじょそこらの王様ではない。駅前商店街の王《ワン》さんの餃子《ぎょうざ》は絶品だが、おれの職業も結構すごい。ごく普通《ふつう》の背格好でごくふつうの容姿、頭のレベルまで平均的な男子高校生だったはずなのに……。

おれさまは、魔王だったのです。

いきなり呼びつけられた異世界で、今日からあなたは魔王ですなんて告げられたら、誰でもこれは夢だと思う。おれもそう思った。しかも部下である魔族はほとんどが超《ちょう》美形。その上、同類だと信じていた人間達には、不吉《ふきっ》だ邪悪《じゃあく》だと石を投げられる。ここまで徹底《てってい》したドッキリやテーマパークもないだろうから、残る答えは夢オチでしょう。

ところが目を覚ましたおれの首には、あちらの世界で貰《もら》ったお守りが。

あれからずっと胸にかけっぱなしの、五百円玉サイズの石を握《にぎ》ってみた。銀の細工の縁取《ふちど》りに、空より濃《こ》くて強い青。ライオンズブルーの魔石は、現実の重さを訴《うった》えてくる。

おれは魔王の魂《たましい》を持って生まれ、あの国を守ると約束した。

約束したんだ。

「渋谷、ほら番号カード受け取って」

「は？　あ、ああすんません」

気付くと笑顔の係員が、緑色の紙切れを差し出していた。人波に流されて歩くうちに水族館の出口から移動して、海のお友達ショーコーナーまで来ていたらしい。急に暑さが襲《おそ》ってきた。水色のベンチをまたぎながら、席を求めて階段を下りる。正面には真っ白なステージと、内部の見られる大きなプールが広がっている。真夏の日射しが眩《まぶ》しくて、おれは右手で目を擦《こす》った。

「あー、膝《ひざ》の後ろを汗《あせ》が流れてくー。気持ちわりぃー」

「ユニフォームんときより数倍涼《すず》しそうだけど」

無駄《むだ》な抵抗《ていこう》と知りつつも、紙切れでひらひらと喉元《のどもと》を扇《あお》いでみた。一瞬《いっしゅん》だけの冷風。

「夏なのに、水着のおねーさんもボール投げる奴もいない」

「両方いるじゃん、ほらステージ上に」

あれは調教師とアザラシだ。

王様ペンギンとおれとではどっちが立派だろうかとか、来週の練習試合のオーダーはどうしようとか、とりとめもないことを考えながら、首の後ろの力を抜いてぼんやりとショーの進行を眺《なが》めていた。アシカがサッカーボールをヘディングして、バスケットのゴールにシュートしている。あの球技は果たしてどちらなのか。続いてウエットスーツ姿の女性が、ピンクの箱を思い切り転がした。なにがでるかな、だ。

「はーい、二十七番のお客様ーぁ！　どうぞステージ上にいらしてくださーい」

隣のシートでは幼稚《ようち》園《えん》児《じ》が、父親の膝にすがりついて泣き声をあげた。可哀想《かわいそう》に、何かよっぽど恐《おそ》ろしい儀式《ぎしき》の生贄《いけにえ》にでも選ばれたのだろう。いや待てここは現代日本だ、そんなことがあってたまるかい。

「すごいぞ渋谷ッ、こんな満員の中で当選するなんて！」

「……なにが？」

「ナンバーカード二十七番のお客様ーぁ、いらっしゃいましたらどうぞステージにー」

「早く行かないと居ないと思われちゃうよ、隣の子なんか外れて悔《くや》しがって泣いてるし」

握った紙を開いてみると、緑の中央に該当《がいとう》番号が。なんてこった！　選ばれたのは、おれだったのか！　けどいったい何の生贄に⁉

村田はおれの腕《うで》を引っ張って、わがことのように嬉々《きき》として階段を下りる。

「ちょっと待っ……転ぶ、転ぶからッ」

ウエットスーツで営業スマイルの調教師さんは、自分の青い帽子《ぼうし》をおれに被《かぶ》らせ、手慣れた様子でアクリル扉《とびら》を通した。小さい物を指先で揺《ゆ》らす。

「おめでとうございまーす。はい、こちらが景品のイルカちゃんキャップとイルカちゃんストラップ、それにドルフィンキーホルダーでーす。じゃ、ストラップとキーホルダーは、なくさないようにズボンのベルトに着けておきましょうかぁ？」

「うわ」

呼び名のとおり、全てがイルカだ。キャップは鍔《つば》の部分を鼻面《はなづら》に見立てて、額には濃紺《のうこん》の両目がつけてある。ストラップとキーリングにはスケルトンブルーの泳ぐ哺乳類《ほにゅうるい》が、口を半開きにした姿でぶら下がっている。どれも実に可愛《かわい》らしい。

本物より、ずっと。

「それでは、ご来場のお客様を代表して、当シーワールドのアイドル、イルカくんと握手《あくしゅ》をしていただきましょーぅ！」

おねーさんがにこやかにそう言った。

なにィ!?

その場にいた職員は三人がかりで、おれをプールサイドに引きずってゆく。

「ちょっと待った！　ほんとにマジでちょっと待ったーっ！　実はおれイルカってあんまり好

きじゃないんですよ、どっちかっていうと海の哺乳類なら鯨《くじら》とかシャチとかのほうがねッ」

「はーい、みんなのお友達、バンドウイルカのバンドウくんとエイジくんでーす」

板東英二《ばんどうえいじ》？　とか突《つ》っ込む余裕《よゆう》も時間もなかった。艶《つや》めく灰色の背びれが二つ、水を切ってこちらに近づいてくる。

「うわーっ、あのホントにイルカくんが、得意じゃないっていうか苦手っていうか好きじゃないっていうかッ……おい村田、村田健さーん、友達なんだから助けろよ！」

「いいなあ渋谷、バンドウくん可愛いし」

そのバンドウくんかエイジくんのどちらかが、飛沫《しぶき》をあげて水面に立ち上がった。

「うっ……」

どうにか悲鳴を飲み込んだ。予想以上にでかい！　もう泣きそう。青光りする手、というかヒレが突き出される。離《はな》れた位置にある両眼が、ぎらりとこちらを見据《みす》えている。軽く開いた口からは、ファスナーのように細かい歯が覗《のぞ》いていた。

「……こ、こわ……」

「お客様、お早くお願いします。大丈夫《だいじょうぶ》、絶対噛《か》んだりはいたしませんから」

係員は有無《うむ》をいわせぬ力強さで、おれをプールサイドから逃《に》がさない。尾《お》と腰《こし》の筋肉で器用に立ち泳ぎを続けるバンドウくんが、底知れぬ瞳《ひとみ》で睨《にら》みつけてくる。おう人間、オレぁこんなことさっとと済ませて早いとこ鰯《いわし》を喰《く》いてえんだよ、という顔だ。口ががばっと開き、怒《いか》りの一声が発せられた。

「ギシャアァァ！」

「うひゃぁぁぁ」

おれは反射的に右手を差し出し、滑《すべ》りそうな彼のヒレに指で触《ふ》れた。ぬるりというよりぺたりとしていて、海水と同じ温度だった。ぎゅっと指を掴《つか》まれる。

もう勘弁《かんべん》してください親分！　と叫《さけ》びそうになるが、冷静に考えればイルカがおれの手を握れるはずはない。だって奴《やつ》には指がないし、おれのこと愛してもなさそうだし。ではどうして右手が引っ張られているのだろうか。引っ張られてプールに落ちそうになっ……。

「嘘《うそ》ぉーッ⁉」

係員も観客も叫んでいる。しょっぱい水中に沈《しず》む間際《まぎわ》に、村田が手を伸《の》ばすのが視界の端《はし》に入った。けれどすぐにアクアブルーが広がって、自分の居場所が判《わか》らなくなった。

そんなに深い水槽《すいそう》とも思えないのに、際限なくどんどん沈んでゆく。水を吸ったハーフパンツとTシャツが、両手両足に絡《から》みつく。来場者代表をこんな目に遭《あ》わせた張本人である、バンドウくんやエイジくんの影《かげ》さえない。

まさかそんな、こんなに深いはずが、たかだかシーワールドのショー用プールで、底なし沼《ぬま》体験ができるわけがない。けどおれ、過去に二回ほど沈んでなかったっけ？

「また⁉」

腰を中心に急激に吸い込まれながら、おれはしこたま水を飲んだ。いやそんな、物理的に無理だ、生物学的にも、建築学的にも無理だ。きっと堅《かた》いセメントに背中をしたたかに打ち付ける。このままどこまでも沈んでいくなんて、プリンセス・テンコーはおろか、デビッド・カッパーフィールドの胸毛《むなげ》が擦《す》り切れても不可能なのにー！

あとはもう、通い慣れたスターツアーズ。

あのさぁ、かーさん。

なぁに、ゆーちゃん。

なんでみんなイルカと遊ぶとイヤサレルとかいうのかな。おれ全然そう思えないけど。

だってあの子たち可愛いじゃなーい。ゆーちゃんはイルカちゃんが嫌《きら》いなの？

嫌いだよ。あいつら何考えてるか解《わか》んないんだもん。フレンドリーに握手したり一緒《いっしょ》に泳いだりしてもさ、心ん中じゃおれたちのことバカにしてるかもしれないじゃん。こんなことで喜んだりするんだから、人間てやつもアタマ悪ィよなーとか、笑ってるかもしんないんだよ？

わかった！ ゆーちゃんはぁ、何を考えてるか解らない相手が苦手なのね？ でもねえママそういう相手とこそ交流するべきだって思うのよ。一緒に行動して星空を眺めて語り合えば、きっと解り合えるって信じてるの。ね？　ゆーちゃんもそう思わない？　人はそうやって友情を育《はぐく》んでいくものなのよ……うっとり。

友情って、イルカと？

その件に関しては明らかに失敗したと、特に後悔《こうかい》もなく考えながら、おれは空色と白のコントラストを痛む目をこらえて見上げていた。塩水がしみる。ということは、ここはプールではなく海で、仰向《あおむ》けに揺れているおれの身体《からだ》は海月《くらげ》のように海面をたゆたっているらしい。

太陽は高く、明るく、強烈《きょうれつ》だった。顔や首の皮膚《ひふ》が悲鳴をあげるくらいに。真夏の日射しってこういうものだったと、幼い日の夏休みを思い出す。家族と海水浴に行くのが楽しみだった年頃の、西瓜《すいか》と花火と貝殻《かいがら》の海だ。

さっきまでとは明らかに違《ちが》う場所で目を覚ますのも、三度目ともなれば慣れたものだった。だってまたまた、喚《よ》ばれちゃったんでしょう？　おれ。

水流に巻き込まれて異世界に来てしまうのは初めてではない。あんなに大勢のギャラリーの目前では、まさか引っ張られやしないだろうと、油断していたのは悪かったが、行き先がどんな場所かは判っているし、幸い旅先で友人もできた。剣《けん》と魔法《まほう》の世界に迷い込んだ主人公が、英雄《えいゆう》として活躍《かつやく》する話はごまんとある。おれの場合はちょっと異色だが、それだってキャラ設定のジョブが「勇者」から、裏コマンドで「魔王」になっただけのことだ。だけのこと、って笑いとばせるようになるまでに、地球時間で約三ヵ月かかっている。右足の浮《う》かんでいる方向から、灰色の三角形が近づいてくる。見覚えのあるその形は、明らかに海のお友達の背ビレだった。

「ば、バンドウくん?」

無関係な生物を巻き込んでしまったのかと、申し訳ない気持ちでいっぱいになった。てかる頭を撫《な》でてやろうと、恐怖心《きょうふしん》を克服《こくふく》して手を伸ばす。指先が彼の額に軽く触れた。ショーで握手した胸ビレよりも、ずっとザラついている。

「なんだよバンドウくん、どうりで泳ぐの速いわけだわ。だってこれイアン・ソープが使ってる、いわゆる鮫肌《さめはだ》水着と同じじゃん」

ん? 鮫肌?

一瞬《いっしゅん》、相手と目が合った。鮫《さめ》の目だった。

「バンドウくん、じゃなくて……ジローくんっ!?」

なんということだ! おれに寄り添《そ》って泳いでいたのは、ホオジロザメのジローくんだったのか!? 海の生物の気持ちが読めないなどとふて腐《くさ》れていたおれだけど、こいつの考えていることははっきりと解る。ジョーズのテーマをBGMに、いただきまーすの五秒前だ。

緊急時《きんきゅう》の対処法を思い出そうとするが、脳味噌《のうみそ》は素早《すばや》く動いてくれない。奇声《きせい》を発しつつ、クロールとも犬掻《いぬか》きともつかない無様な泳ぎで逃げる。言ってみれば、自由形。危機に直面したときはどうすればいいんだっけ⁉　死んだふりは熊《くま》で、知らんぷりは選挙カーだ。誰《だれ》も鮫との付き合い方は教えてくれなかった。威嚇《いかく》か、それとも無条件降伏《こうふく》か⁉

「陛下ーっ‼　ご無事で……ああッ」

遠くから聞き覚えのある声が届き、意味なく豪華《ごうか》な小舟《こぶね》が進んでくる。手漕《こ》ぎのオールは大回転で、こちらに向かって猛《もう》スピードだ。シブヤユーリを一人前の魔王にしようと一生懸命《いっしょうけんめい》な二人組だ。一人は顔色を変えて叫んでいる。

「おのれ、魚の分際で陛下になんということをーっ！」

鮫を相手に名を名乗れとか言い出しそうな形相で、フォンクライスト卿《きょう》ギュンターはオールを振《ふ》り回した。超絶《ちょうぜつ》美形が台無しなほど激高《げっこう》している。背まで流れる灰色の髪《かみ》を振り乱《みだ》し、知性を湛《たた》えたスミレ色の瞳を充血《じゅうけつ》させ、いつもなら腰にくる魅惑《みわく》的なバリトンも、ヒステリックな裏声になっている。このかなり過保護な教育係は、全《すべ》ての女性を瞬殺《しゅんさつ》！　という美貌《びぼう》を持ちながらも、おれに関することとなるとたちまち大崩《おおくず》れしてしまうのだ。もっと自分を大切にしろよ、時々そう肩《かた》を叩《たた》きたくなる。

ぎりぎりまで身を乗り出して両手を伸ばすウェラー卿は、そんなに鬼気迫《ききせま》る表情ではない。むしろ子供の失敗ビデオでも見ているような、苦笑《くしょう》まじりののどかな顔だ。

そりゃあないよコンラッド、この世界で唯一《ゆいいつ》のキャッチボール相手が、海のモズクになろうとしてるんだぞ。待てよ、モズクじゃなくて藻屑《もくず》だったか？

「落ち着けギュンター。そんなに櫂《かい》を振り回すと、陛下の頭に当たるから」

超スプラッタ西瓜《すいか》割り。縁起《えんぎ》でもない。

やっとのことで腕《うで》につかまり、ボートの上へと避難《ひなん》できた。ずぶ濡《ぬ》れで息が上がっているし、恐怖で心臓ばくばくだ。おれはだらしなくコンラッドに抱《だ》きついた。

「どっ、どうにか、助かった……危《あや》うく喰《く》われるとこだったよっ」

「そんなに怯《おび》えなくても、あいつは人を襲《おそ》ったりしませんよ」

「へ？　だって鮫だよ、ジョーズだよ⁉　おれの右足をかじろうとしてたんだぞ⁉」

「いやいや、鮫は基本的にベジタリアンだから。きっと陛下と一緒に遊びたかったんでしょう」

この世界の生き物事情には泣かされっぱなしだ。鼻水をつけては悪いので、保護者の胸から身体を離《はな》す。

「……陛下とか呼ぶなって言ってるだろ、あんたがつけた名前なんだからさ」

「そうでした。つい癖《くせ》で」

おれが「おれ」になる前の魂《たましい》を、はるばる地球という異世界にまで運び、ボストンの街角で臨月のお袋《ふくろ》を相乗りさせ、ついでにちゃっかり名前まで吹《ふ》き込んできたという、アメリカ帰りの好青年が彼だ。ウェラー卿コンラートはシブヤユーリの名付親で、この世界での保護者で親友、そしておそらく、最後の砦《とりで》だ。

二十歳《はたち》そこそこにしか見えないので保護者なんていってもぴんとこないのだが、実年齢《じつねんれい》は約五倍、日本なら健康優良高齢者で表彰《ひょうしょう》されているだろう。この世界では魔族の血はとても長命で、おまけに美しさも折り紙付き。人間とのハーフであるコンラッドは、これでまだまだ地味なほうだが、それ以外の貴族達ときたらすこぶるつきの美形ぞろい。ギュンターとまではいかなくとも、絵に描《か》いたような美貌の連中がごろごろしている。

顔もガタイも脳味噌も十人並みのおれとしては、いつになったらアヒルから白鳥になれるのだろうと、アンデルセンを読み返しては悩《なや》むばかりだ。魔族は顔じゃなくて性格よ、っていう「美女と野獣《やじゅう》」派の女の子を募集中《ぼしゅうちゅう》。

「……あちー……」

どうやらこちらの世界でも、夏を迎《むか》えているらしい。濡れた服が冷たいどころか、じっとりとまとわりついて余計に暑い。てこずりながらもTシャツを脱《ぬ》ぎ捨てる。ベルトのバックルに手をかけると、驚《おどろ》いたことにフィギュア付きのキーホルダーがぶら下がったままだった。イルカちゃんグッズはかなりしぶとい。

胸に揺《ゆ》れるレオブルーの魔石を見て、送り主であるコンラッドが目を細めた。

「少し筋肉つきました？」

「少しどころじゃないよ。ほらチカラコブ！　ほーら上腕二頭筋《じょうわんにとうきん》！」

それもこれも日々の鍛錬《たんれん》の賜物《たまもの》だ。コンラッドは惚《ほ》れ惚《ぼ》れするような爽《さわ》やかな笑《え》みで、おれの野球筋を押しながら言った。

「では新しい剣を贈《おく》らないといけないな。今度は成人男子用の立派なやつを」

「そんなもんいらないよ」

「じゃあ何を……」

「ぎゃああああああ」

鮫をオールで叩いていたギュンターが、なんとも表現しがたい悲鳴をあげた。ジローくんが仲間を呼んだらしい。新しくイチローくんやサブローくんも来ていた。

「あーあ、あいつら人懐《ひとなつ》っこいから」

その現状把握《はあく》は本当に正しいのだろうか。

　こちらの世界は三度目だが、またしても見覚えのない場所に落ちてしまったようだ。白い砂《すな》浜《はま》とトルキッシュブルーの海は、ギリシャ地中海方面のパンフレットに使われそうだ。乾《かわ》いた空気は吸い込む喉《のど》まで熱くして、ずぶ濡れだったことをたちまち忘れさせてくれた。浜辺から歩いてすぐのご用邸《ようてい》は、これまでに案内された二つの城とは明らかに建築様式が異なっている。

この季節に学ランを着させられたらどうしようと心配していたのだが、衣装《いしょう》係の女の子が持ってきてくれた夏服は、オフホワイトの上下だった。麻《あさ》に似た肌触《はだざわ》りのカーゴパンツはウェストが少々緩《ゆる》かったため、おれが怒《おこ》るとでも思ったのか、女の子は申し訳なさそうにうつむいてしまった。

「いーよ別に。ベルト使うから」

「陛下、お痩《や》せになりましたか？　まさかお身体《からだ》の具合でも……」

「じゃなくて、筋トレの成果だよ。アブなんとかってやつ買ったんだ」

ディスカウントショップで千円で。目標は仮面ライダーの割れっ腹《ぱら》だ。濡れたズボンからベルトを引き抜《ぬ》こうと躍起《やっき》になっていると、教育係が気を利《き》かせて部屋の隅《すみ》に走った。

「お待ちください、ただいま風を」

剣と魔法の世界だから、もちろん家電製品は存在しない。とはいえエアコンなんか使わなくても、象牙《ぞうげ》色の石造りの建物は奥に行くほどひんやりしていた。靴《くつ》も靴下も脱ぎ捨てていたので、足の裏からも冷気が伝わる。暑くないからと言うより先に、ギュンターは「おいっす」ポーズで右手を挙げた。係の人がしずしず登場。巨大《きょだい》なアヒルの首を握《にぎ》った。当然、鳥は苦しがり、すごい勢いで羽ばたきを繰《く》り返す。なるほど確かに風はくるが、家畜臭《かちくくさ》いし心苦しい。

「やめてくれ動物愛護協会に睨《にら》まれそうなことは！　もう充分に涼《すず》しいからさっ」

「ああなんと慈悲《じひ》深いお言葉でしょう！　このような動物にまでお心を砕《くだ》かれるとは！　それでこそ、この、偉大《いだい》なる魔王《まおう》とその民《たみ》たる魔族に栄《は》えあれああ世界の全ては我等魔族から始まったのだということを忘れてはならない創主達をも打ち倒《たお》した力と叡智《えいち》と勇気をもって魔族の繁栄《はんえい》は永遠なるものなり……」

指の角度まで絶妙《ぜつみょう》だし、おまけにしっかりカメラ目線だ。国歌と思いきや国名で、大胆《だいたん》に略すと眞魔《しんま》国。

「……王国の第二十七代魔王陛下であらせられます。さて陛下、私は今、故意に誤りを口にいたしましたが、どの部分だったかお判《わか》りですか？」

「す、すいません、気付きませんでした」

超絶美形はちょっとがっかりした。

「やはり陛下、この国にもっと長くご滞在《たいざい》いただいて、民のことをはじめ国土や外交関係の基礎《きそ》などを学んでくださらなくては。いえいっそもうあちらになど戻《もど》ることなく、いついかなるときも私をお側《そば》に……」

変な方向に脱線《だっせん》しかけている。送風アヒルを解放してやっていたコンラッドが、うまいこと軌道《きどう》を修正した。

「言っただろうギュンター」

動じなくて爽やかで、同僚《どうりょう》の扱《あつか》いを心得ている。彼からは学ぶことも多そうだ。教師の転がし方とかね。

「陛下は地球や日本にとっても大切な存在なんだから、俺達だけで独占《どくせん》するわけにはいかないって」

そんなに貴重な存在なら、三年間ベンチウォーマーのはずがない。

遠くから苦情の声が近づいてくる。突進《とっしん》状態の靴音と合わせると、誰《だれ》かが怒鳴《どな》り込みに来たようだ。

「ギュンターっ！　ユーリを迎えに行くのが兄上だけというのはどういうことだ⁉　婚約者《こんやくしゃ》であるこのぼくに何の報《しら》せもないとは、バカにするにもほどが……」

駆《か》け込んできたのは天使のごとき美少年、フォンビーレフェルト卿《きょう》ヴォルフラムだった。彼は上半身裸《はだか》のおれを見て虚《きょ》を突《つ》かれ、可愛《かわい》い顔を歪《ゆが》ませた。

「……ユーリお前、腕と顔だけ色が違《ちが》うぞ？　悪い病か、呪《のろ》いにでも……」

「呪いって何だよ、失礼だなっ」

首から上と腕だけこんがりで、胴《どう》も脚《あし》も真っ白なのだ。ユニフォーム焼けは野球人の勲章《くんしょう》だが、プールや海ではちょっと異質。

ヴォルフラムは親指と人差し指でおれの頬《ほお》をつまみ、思い切り横に引っぱった。

「ひててててっ、がっきゅううんこ」

パブロフわんこ。小学生並みの条件反射だ。目だけをコンラッドに向けて訊《たず》ねる。

「本物だな?」

「本物だよ」

「ということは、兄上が迎えに行ったというのは、誰だ?」

「偽物《にせもの》かな」

彼にとっての兄上とは、目の前にいるウェラー卿コンラートではなく、長兄であるフォンヴォルテール卿グウェンダルのことだ。つまりコンラッドとヴォルフラム、そしてこの場にいないグウェンダルは、同じ母親から生まれた三兄弟で、つい先日まで魔族の王子様だった。前魔王が突然《とつぜん》の引退を発表し、急遽《きゅうきょ》おれが即位《そくい》したために、今では元プリ殿下《でんか》である。

背格好こそおれといい勝負だが、顔立ちに関しては天と地ほどの差がある。ヴォルフラムはウィーン少年合唱団を連想させる少女漫画《まんが》的美少年で、母親譲《ゆず》りのまばゆい金髪《きんぱつ》とエメラルドグリーンの輝《かがや》く瞳《ひとみ》を持っている。全ての画家が描かせてくれと頭を下げるだろうし、もしも夢にでも現れようものなら、天使に会ったと涙《なみだ》ぐむだろう。だが、ひとたび口を開こうものなら、エンジェルどころか、わがままプー。自己申告では八十二歳で、日本ならかなりの頑固《がんこ》じじいだ。ちょっとした文化の相違《そうい》と誤解から、おれと婚約関係にあるらしい。

一方、三兄弟の母親で前魔王現上王陛下であるフォンシュピッツヴェーグ卿ツェツィーリエ……本人曰《いわ》く「ツェリって呼んで」様が、素性《すじょう》もしれない人間の男と種族を超《こ》えた恋《こい》に落ち、生まれた息子がウェラー卿コンラートだ。人間の遺伝子が入ったせいか、他の魔族に比べると彼はずいぶん顔立ちが地味だ。眉《まゆ》の横に古傷の残る爽やかな笑顔は、美形というより男前で、一昔前のアメリカに放り出せば、GI《ジー・アイ》ジョーのモデルにされそうだ。軍服の似合う男ナンバーワンというわけ。

彼がいつどんな顔で笑うのか、おれは見なくてもちゃんと判る。獅子《しし》の心を隠《かく》していることも、うっすらとだが気付いてる。

とにかく、似てない兄弟というのは本当に存在するものだ。外見のみならず性格も思想も。

「手をお離《はな》しなさいヴォルフラム！　陛下のお綺麗《きれい》な顔に痕《あと》でも残ったら承知しませんよッ」

伸《の》ばされきったおれの頬から、ギュンターが三男の指を引き離す。けっこう深く付き合ったつもりだが、彼等の美的感覚だけは理解しがたい。自分や周囲の魔族よりも、おれのほうを美顔だと思ってる。そもそも黒目黒髪《くろかみ》が、魔族の中でも滅多《めった》に生まれない希少価値らしい。高貴だとか気高いとか言われても、日本人には標準装備だ。

痛む頬をさすりながら、

「なんらのよ、いったい。偽物とか本物とかって。確かにおれは王様として、かなり胡散臭《うさんくさ》いとは思うけどさぁ」

教育係兼補佐官《けんほさかん》は、言いにくそうに咳払《せきばら》いをする。

「実は……陛下の御名をかたる不届き者が現れたのです」

「え!?　渋谷有利原宿不利だって!?」

「いえ、そこまで詳《くわ》しくではございません。我が国の南に位置するコナンシア、スヴェレラで捕《と》らえられた咎人《とがにん》が、魔王陛下だなどというふざけた噂《うわさ》が流れて参りまして。我々としましては、そんなはずはないと取り合わずにおりましたが、処刑《しょけい》の日取りが決まったことで些《いささ》か不安に……あの、万が一その咎人が、本当に陛下でいらしたらと……」

口ごもるギュンターに代わって、コンラッドが解《わか》りやすく説明してくれた。

「つまり、もしも俺達の知らないうちに、陛下がこちらの世界、それも眞魔国以外の土地に着かれていて、部下もなくお一人で困り果てた結果、やむなく罪を犯《おか》し捕らえられたのだとしたらどうしましょう、これは真相を突《つ》き止めねばならない。ということで改めて我々でお呼びしたところ……」

「おれはバンドウくんと握手《あくしゅ》しながらスターツアーズ真っ逆さま、と」

ヴォルフが不機嫌《きげん》そうに呟《つぶや》いた。

「バンドウくんって誰だ、男か?」

「雄《おす》か雌《めす》かは知らねーよ。バンドウくんはイルカでゴンドウくんはクジラ。ジローくんはホオジロザメで反省猿《ざる》。でもさ、こうやっておれ本人がここにいるってことは、そっちの、えーとどこ?　カブレラ?　とかにいる奴《やつ》は、おれじゃないってことだよな」

「おっしゃるとおりでございます!　陛下のご聡明《そうめい》さには、いつもながら感服いたします」

幼稚《ようち》園児《えんじ》のなぞなぞよりも簡単だ。おれがおれである限り、おれはここにしかいないはず。

哲学《てつがく》的な方面になってきたぞ。

つまり、よその国におれの偽物が現れて、おいしい思いをしてたってわけだ。実にけしからん話だが、黄門《こうもん》様も上様もマイケル・ジャクソンも神様も、古今東西の大物には必ずそっくりさんが付き物だ。バッタもんが出るようになったってことは、知名度が上がった証拠《しょうこ》だろう。

「けど、こうやっておれを呼べば済むことなのに、なんで探しになんか行ったわけ？　しかもよりによって……」

迎《むか》えに行ったという兄上の人となりを思い出し、おれは無意識に言葉を切った。

「……グウェンダルが」

「そうなのです。おのれの分を弁《わきま》えぬ愚《おろ》かな人間など、処刑されたところで我々には何の関係もございません。ですが、陛下の……」

「そっくりさん？」

「はい、そのそっくりさんが、魔王にしか使いこなせない特別な物を所持していたという情報が入ったのです。魔族の至宝ともいうべき貴重な物で、二百年ばかり前に持ち出されて、以後行方《ゆくえ》が判らなくなっていたのですが、その情報が事実なら、ぜひとも我々魔族の手に取り戻さねばなりません。二十年前に探索《たんさく》の者を放ったのですが、彼がグウェンダルの係累《けいるい》なので」

「誰だった？」

コンラッドが訊ねる。答えを知っていながらも、確認《かくにん》せずにいられない顔だ。

「グリーセラ卿です。グリーセラ卿ゲーゲンヒューバー」

「ああ、ヒューブか」

意味深げに耳をいじったりしている。いい人を地でいく彼といえども、苦手な相手はいるらしい。おれはいつもどおり口の軽い三男に、人物関係の探《さぐ》りを入れた。

「どういう奴？」

「兄上の父方の従兄弟《いとこ》だ。ヴォルテールの叔母君《おばぎみ》の一人が、グリーセラ家に嫁《とつ》いだからな」

「なーんだ」

教科書どおりの回答をされて、ちょっと拍子抜《ひょうしぬ》けした。ウルトラマンVSバルタン星人とか西武VSダイエーとか、もっとドラマチックな関係を期待していたのに。

「じゃあ今度の宝物は、おれじゃなくても持ち歩けるんだ。手がしびれたり噛《か》みつかれたり、ゲロをリバースしたりしないやつ」

魔剣《まけん》モルギフの情けなーい顔が昨日のことのように蘇《よみがえ》る。あれに比べれば蛇《へび》の抜け殻《がら》だって可愛い宝物と思えるだろう。

「そうですね……持ち歩くことは可能でしょうね。お吹《ふ》きになれるのはこの世で陛下お一人ですが」

「吹く⁉」

「ええ。スヴェレラで目撃《もくげき》されたのは、魔族の至宝『魔笛《まてき》』でございますから」

「魔笛か！」

おれの日焼けの境目を珍《めずら》しげに撫《な》でていたヴォルフラムが、いきなり弾《はず》んだ声で参加してきた。さすがにウィーン少年合唱団ＯＢ、モーツァルトのことにはちょっとうるさい。

「父上からお聞きした話だが、それはもう素晴らしい音色だということだ。天は轟《とどろ》き地は震《ふる》え、波はうねって嵐《あらし》を呼ぶそうだ」

「う、牛は？」

「牛はモサモサ鳴くばかりだが」

とはいえ嵐を呼ぶというからには、かなりの轟音《ごうおん》に違《ちが》いない。剛田《ごうだ》タケシ・ソロリサイタルイン裏の空き地（略してジャイコン）と、どちらが破壊《はかい》的だろう。澄《す》んだ調べの横笛、それもフルートやピッコロを想像していたおれは、イメージを一八〇度転換《てんかん》させた。法螺貝《ほらがい》の可能性も高まってきたからだ。

「一度は聞きたいと思っていたんだ。楽しみだな。ユーリの笛の腕前《うでまえ》も」

「おれ!? おれが吹くの!? やっ、そっそれは無理だってェ、法螺貝だったら修験者《しゅげんじゃ》とか山伏《やまぶし》だし、ピッコロっつったらドラゴンボールだろ」

彼なら嵐を呼べそうだ。

腕組《うでぐ》みをして壁《かべ》に寄りかかる、見慣れた姿勢で聞いていたコンラッドが、何かを気付かせようとして口を開いた。

「処刑される罪人の持ち物を、慈悲《じひ》深く棺桶《かんおけ》に入れてくれるかどうか」

「どーいうこと？　看守が没収《ぼっしゅう》しちゃうってこと？　それにその、棺桶って……殺されちゃうのか⁉　おれのそっくりさん！　殺されるほどの凶悪《きょうあく》犯罪やらかしちゃったのか⁉」

「いいえ、確か、無銭飲食だとか」

「無銭飲食ぅー⁉」

　そんなあ。生まれて初めて会う自分のドッペルゲンガーが、食い逃《に》げごときで処刑されるなんて。これは黙《だま》っていられない。そんな軽犯罪で死刑なんて人道的に大問題だ。それにうまいことこの国に連れてこられれば……。

「パーマン二号みたいに身代わりとして利用できるし！」

「でも陛下、二号はサルですよ」

「あ、そっか……って、なんで知ってんの？」

　いや今は藤子・F・不二雄の話じゃなくて。

「……助けないと」

「はあ？」

「おれの偽物《にせもの》を助けないと！」

　名付けて、渋谷有利そっくりさん救出大作戦。

　ミッション・インポシブル。

2

「何故《なぜ》そいつがここにいる」

南側の国境で待機していたフォンヴォルテール卿《きょう》グウェンダルは、異父弟二人と一緒《いっしょ》のおれを見て、あからさまに嫌《いや》な顔をした。黒に近い灰色の長い髪《かみ》と、どんな美女にも治せない不機嫌そうな青い目。誰《だれ》よりも魔王《まおう》に相応《ふさわ》しい容貌《ようぼう》で、声も腰《こし》にくる重低音だ。

彼の弟じゃなくてホントによかった。兄貴がこれだったら家出している。その点においてはヴォルフラムは立派だ。きちんと兄として慕《した》っている。

「スヴェレラの囚《とら》われ人は偽物だと、直接、説明されるつもりらしい」

鞍《くら》に片足をひっかけてしまい、馬の腹でじたばたしているおれに手を貸しながら、コンラッドは明るくそう言った。

「説明だと？」

「そそそうだぞ！　どーせあんたのことだから、あっちのそっくりさんが本物でそのまま処《しょ》刑《けい》されちゃえばいいのになーんて考えてたのかもしれないけどッ！　残念でした、おれはちゃーんとここにいるし、そっくりさんも処刑させないかんなッ！　さあ湖南《こなん》省だかカブレラだかいう国まで行ってもらおっか。そっくりさんと魔笛をゲットしにねっ」

「……コンラート」

「なにか？」

右の眉《まゆ》だけを微《かす》かに上げて、武人としては評価しているほうの弟に顔を向けた。

「こいつらを連れて帰れ」

「こいつらって、ぼくもですか⁉」

可愛《かわい》くておバカでわがままプーなほうの弟は、一緒くたにされて憤慨《ふんがい》した。まあおれみたいな「へなちょこ」とは格が違《ちが》うと言いたいのだろう。いつでもどこでもおれの味方のコンラッドは、申し訳ないけどと前置きする。

「俺《おれ》は陛下の命令で動くので」

そういうことをさらりと言われてしまうと、自分が偉《えら》いと錯覚しそうだ。なりたてほやほやの新前魔王《しんまいまおう》で、中身はそこらへんの野球小僧《こぞう》、しかも万年ベンチウォーマーのおれが、偉大《いだい》な男であるわけがない。

「……勝手にしろ」

グウェンダルは国境の川へと馬を向かわせた。隊の者はおれたちに気を遣《つか》って、ちょっと離《はな》れて従った。超《ちょう》美少年と相乗りという栄誉《えいよ》にあずかりつつ、真夏の太陽を見上げた。全員、アラビアのロレンスみたいな格好で、白っぽい布で日射《ひざ》しから身を守っている。距離《きょり》は短いが砂《さ》丘《きゅう》も通過するので、暑さ対策も重要だ。

「熱射病で倒《たお》れられたらどうしますか！」

と、例によって過保護な教育係は、泣きながらおれを引き止めた。右手をぎゅっと握《にぎ》り、超絶美形が号泣《ごうきゅう》寸前だ。

「暑いばかりではございません。コナンシア、スヴェレラは、数年前まで内戦状態だったのです。現在でも貧富《ひんぷ》の格差から民《たみ》の心は荒《すさ》み、治安も悪いと耳にしております。しかもここ二年は記録的な干害で、食糧《しょくりょう》を巡《めぐ》る争いまで起きているようなのです。どうかご同行されるのはおやめください。魔笛の件はグウェンダルがよきに計らいますから……陛下はこの私、ギュンターと、湖へ避《ひ》暑《しょ》にでも参りましょう」

整った鼻梁《びりょう》……の下の穴からぶら下がる、鼻水の行方《ゆくえ》が気になって仕方なかったのだが、彼を説得しないことには始まらない。お隣《となり》さんがどんな人か知ることがご近所付き合いのスタート地点だとか、外交の基本は相互《そうご》理解で身をもって体験することが一番の近道だとか、とにかく殊勝《しゅしょう》な言葉を並べ立てて、ギュンターを感動の嵐に巻き込んだ。

「ご立派です陛下」

と、言わせればこっちのもんだ。フォンクライスト卿の転がし方が判《わか》ってきたぞ。

例によって髪を染めコンタクトを入れて黒髪黒目を隠《かく》してまで、強引《ごういん》にやってきた国境だったが、記録的な干害というだけあって、眞魔《しんま》国とコナンシアを分ける川はほとんど干《ひ》上がっていた。ひび割れた地面が露出《ろしゅつ》している。優に一キロはありそうだ。黄河《こうが》やナイル川級の広大さで、地元の利根川《とね》ではちょっと太刀《たち》打ちできそうにない。

「水があったらすごい光景なんだろうなあ」

「ああ。内戦中は人間達の死体がどんどん流れ着いたらしい。奴等《やつら》は我々の土地には入りたがらないから、引き取りに来なくて困ったそうだ。流れが強いのも考えものだな」

「……そーいう意味のスゴイじゃなくてさ」

川を渡《わた》りきると丸太で造った簡単な柵《さく》があり、こちらの数倍の兵士がいた。国境が物々しいのは当然とはいえ、魔族がスヴェレラに侵攻《しんこう》した歴史はないのだから、もう少し友好的でもよさそうなものだ。槍《やり》の穂先《ほさき》は確実におれたちに向かっている。何故か後列の兵士達は、手の甲《こう》を軽く当てて顎《あご》を突《つ》き出している。

「いまどきアイーン、って……」

ヴォルフラムが舌打ちした。

「あれは魔族を謗《そし》る行為《こうい》だ。本心では恐《おそ》ろしくてたまらないくせに、集団になると思い上がる。まったく人間は質《たち》が悪い」

「はあ、すんません」

「お前は人間じゃないだろう、いい加減に魔族としての自覚を持て！」

これまたすんません。トリプルすんません。

眞魔国の南に位置するカーベルニコフ地方は、白い砂浜《すなはま》と乾燥《かんそう》した風が売り物のリゾート地だ。短い夏に太陽を求めて訪《おとず》れる北部の魔族も少なくない。川向こうの隣国《りんごく》コナンシアでは、日照りで農作物への被害《ひがい》が深刻なようだが、主要産業が観光であるこの地方では、晴れれば晴れるだけ客が増える。

ここ、魔王のためのご用邸《ようてい》でも、まるで暑さにやられたみたいに、くたりとしている男がいた。フォンクライスト卿ギュンターだ。

「……行ってしまわれた……」

背に流れる灰色の髪は艶《つや》をなくし、スミレ色の瞳《ひとみ》は空虚《くうきょ》に濁《にご》っている。頬《ほお》に残った後《おく》れ毛が所帯やつれにも似た悲壮《ひそう》感を漂《ただよ》わせていた。

机に広げられた服に顎を埋《うず》め、開け放たれた窓の向こうの空と海を呆然《ぼうぜん》と眺《なが》めている。

「何故、陛下は私だけを残して行ってしまわれるのでしょう……もしやこのギュンターのことを、お嫌《きら》いなのでは……」

「そうかもしれないわ」

誰にともなく呟《つぶや》いていた言葉に返事があり、ぎょっとして顔を上げた。

小柄《こがら》ながらもはち切れんばかりのナイスなボディが、水着か!? と見まがうマイクロミニのサマードレスに包まれている。腰まである金色の巻毛を高い位置で結《ゆ》い上げて、艶《いろ》っぽいうなじと襟足《えりあし》を惜《お》しげもなく夏の空気にさらしていた。邪気《じゃき》なく微笑《ほほえ》む唇《くちびる》と白い肌《はだ》、エメラルドグリーンの瞳と長い睫毛《まつげ》、とんでもなくセクシー系だということを除けば、末の息子にそっくりだった。どう見ても三十路《みそじ》前のお姿だが、実のところきんさんぎんさんよりもご長寿《ちょうじゅ》だ。

魔族似てねえ三兄弟のお袋《ふくろ》さんにして、前魔王現上王陛下フォンシュピッツヴェーグ卿ツェツィーリエ様だ。セクシーとかヴィジュアルとかの方面ではなく、正真正銘《しょうしんしょうめい》本物の女王様だったのだが。

「じょ、上王陛下っ、なんという扇情《せんじょう》的な格好を」

「あらだってぇ、陛下がいらしてると聞いて来たんだもの。ギュンター一人だと知っていたら気合い入れて腿《もも》を見せたりしなかったわ」

「そそ、そうやってことあるごとに陛下を誘惑《ゆうわく》されるのはおやめくださいツェリ様っ」

「やぁね、ギュンターったら。あなただって陛下の服の匂《にお》いなんか嗅《か》いじゃってるじゃない」

「こっ、これはそのっ」

彼の腕《うで》から奇妙《きみょう》な記号の描《か》かれたTシャツを取り上げる。地球で広く使われている文字だ。

「どんな匂い？　独《ひと》り占《じ》めは許せなくてよ。あたくしにも試《ため》させて……あら……」

湿気《しけ》った木綿《もめん》を鼻に押し当てたツェリ様は、なんともいえない複雑な表情になった。

「……これって陛下の体臭《たいしゅう》なのかしら。あんな可愛らしいお方なのに、ちょっと意外な感じがしない？」

「いいえそんな、滅相《めっそう》もない！　若い男性らしくてとても、そのー、磯臭《いそくさ》いというか」

おそらくそれはユーリではなく、イルカのバンドウくんの体臭なのでは。


あいのりは、別の意味でもあついのだ。

五七五にしてみても、やっぱり暑苦しさに変化はない。真夏の輝《かがや》く太陽の下、十六歳と八十二歳の若い……多分若いだろう二人が狭《せま》い馬上で密着しているのだから、ヒートアップするのも当然だ。しかもここは空調の効いた室内ではなく、ゴールの見えない砂漠《さばく》の真ん中だ。なるべく同乗者の背中から身体《からだ》を離して、間に風を入れようとする。熱砂をはらんだ空気の流れは、風と呼べるような優《やさ》しいものではなかったが。

「くっついてないと落ちるぞ」

「だってあちぃんだもんよー」

ヴォルフラムはこの状況《じょうきょう》を楽しんでいるようだ。おれだって相手が女の子なら、大喜びで馬上のパートナーになる。後ろから腕を回して手綱《たづな》を握り、気をつけてなんて紳士《しんし》的な言葉をかけてみたい。だが悲しいかなフロントシートには、少女よりも可愛い美少年。

総勢二十人のおれたちは、月の砂漠ならぬ昼の砂漠を渡っていた。ラクダではなくて、人間達の馬で。国境で集団アイーンをしてくれた警備兵達は、家畜《かちく》の入国には検疫《けんえき》が必要で、それには最低でも二十日はかかると言ってきた。現代日本で育ったおれにとっては、なるほど一理あると思えたのだが、ヴォルフラムや他の部下の話では、言い掛《が》かりも甚《はなは》だしいということだ。で、それまで乗ってきた魔族の軍馬（ミニ知識によると、心臓は二つ）を引き返させ、コナンシアの国境の街で現地の馬を買った。レンタカーがあれば便利なのだが、どうせ免許《めんきょ》を持っていない。

この果てのない黄土色の土地は、砂漠というほどの規模ではないそうだ。ボストン生まれで埼玉育ち、鳥取に住んだことのない者の知識では、砂漠と砂丘《さきゅう》の違《ちが》いは判らない。人工芝《じんこうしば》と天然芝なら区別できるんだけどね。まあそれも、こんなに暑くなければだ。

ずっと前を行くグウェンダルの背中が、陽炎《かげろう》で揺《ゆ》らいでワカメみたいだ。背後にいるはずのコンラッドに、弱音を吐《は》こうと振《ふ》り返る。

「どうしてあんたたち暑くねーのォ？」

「訓練かな」

余裕綽々《よゆうしゃくしゃく》で涼《すず》しい顔だ。汗《あせ》もろくにかいていない。考えてみればおれ以外は全員、トレーニングを積んだ兵士のはずだ。職業欄《らん》に軍人と書くからには、日頃《ひごろ》の厳しい訓練を鬼軍曹《おにぐんそう》にぶっ叩《たた》かれながらこなしているのだろう。日本でいえば自衛隊のように、野山をさまよったり沼《ぬま》に潜《もぐ》ったり、雪祭りで雪像を作ったりしているに違いない。成長の早い木の苗《なえ》を毎日飛び越《こ》す練習もしているだろう。それは忍者《にんじゃ》か。とにかく、暑さでやられかけているのは、おればかり。

ついには幻覚《げんかく》まで見る始末だ。

「あれーなんかかーわいいものがー、砂の中央でバンザイしてるぞー？」

「何がだ？　ぼくには見えないぞ」

十メートルほど離《はな》れた砂の窪《くぼ》みから、見覚えのある動物が顔をのぞかせている。こんな場所にはいるはずのない、絶滅危惧種《ぜつめつきぐしゅ》の珍獣だ。

すぐ前を歩いていた兵が、栗毛《くりげ》の馬ごと姿を消した。続いておれとヴォルフラムの葦毛《あしげ》も、がくりとバランスを崩《くず》して沈《しず》む。

「うわ、何ッ⁉」

「砂熊《すなくま》だ！」

砂熊⁉

突然《とつぜん》、目の前の人々が一気に消えた。おれたち自身も砂の中に吸い込まれていて、視界が黄土一色になってしまった。蹄《ひづめ》の一部や二の腕など、局部的にちらりと目に入る。緩《ゆる》やかな、だが決して逃《のが》れようのない巨大な蟻地獄《ありじごく》に巻き込まれて、お椀《わん》状の中央に流されてゆく。

「どっ、どうなってんの⁉　どうなっちゃうの⁉」

喋《しゃべ》ろうとすると口の中にまで砂が入り込んでくる。ヴォルフラムの服の端《はし》を摑《つか》もうとするが、腕も脚《あし》も指も顔も熱い砂の中だ。息をするのもままならない。砂熊だって⁉　それってどういう生き物よ⁉　鳴き声もしっかり教えてくれ。霞《かす》みかけた黒い目には、渦の中央でバンザイを繰《く》り返すツートンカラーの大熊猫が映っている。ベージュと茶色で保護色だが、明らかにあれは、砂熊なんかじゃなく……。

「パンダだろ⁉」

こんな砂漠に夏の新色のパンダちゃんが。クマザサはどこにあるのだろう。

砂時計の中身気分満喫《まんきつ》中のおれの腕を、強い力で誰《だれ》かが摑んだ。

「コンラッ……」

絶対的守護者は下にいて、膝《ひざ》の後ろを肩《かた》で支えてくれている。顔を上げると、ぎりぎり穴の縁《ふち》で踏《ふ》みとどまって、おれをぶら下げているのはグウェンダルだった。他の兵やヴォルフラムは黄色い砂に巻き込まれて、馬の脚や誰かの指先など局部的にしか確認《かくにん》できない。全《すべ》てが渦の中心へと、スパイラル状態で落ちてゆく。

なんだこれは⁉　こんなのが待ち構えてる危険な場所へ、おれはのこのこ来ちゃったのか⁉

「なにこれ、こんなこと……そうだ、ヴォルフラムが！　おれより先に落ちたんだよ、なあみんな死んじゃう⁉　ヴォルフ死んじゃうのか⁉」

「運が悪ければな」

「大丈夫《だいじょうぶ》、あいつを何とかして抜《ぬ》け道《みち》を見つけるまで息が保《も》ちさえすれば何とかなります。さ、陛下は早く登って！」

「でも助けに行かないとッ！　あんな大きな熊相手にヴォルフラム勝てるか判《わか》んないしっ」

　だってジャイアントパンダだぞ。斜面《しゃめん》を駆《か》け下りようとするが、グウェンダルは離してくれそうにない。

「お前が行って何になる」

「そうだけど、そうだけどさっ、ほっとけねーじゃん！　兄弟だろ、助けに行けよッ、おれなんかより弟の腕を摑んでやれよっ！　なあコンラッド、あんたならアイツ、あの熊やっつけられる？　剣豪《けんごう》なんだから中ボスくらい倒《たお》せんだろ⁉」

　ずるずると引き上げられながら訴《うった》える。砂に足を取られないよう慎重《しんちょう》な動きだが、コンラッドはおれの眼《め》を見ようとしない。

「おっしゃるとおりかもしれませんが、今は陛下を安全な場所にお連れするのが先です」

「そんな口のきき方すんなよっ！　おれのことはいいから……」

「よくないです！」

　薄茶《うすちゃ》に銀を散らした瞳《ひとみ》が、一瞬《いっしゅん》だけかちりとおれに焦点《しょうてん》を合わせた。すぐに渦の中心に向き直り、ウェラー卿《きょう》は唇《くちびる》を噛《か》む。傷のある眉《まゆ》を僅《わず》かに寄せて、滅多《めった》にないような苦しい声で言った。

「陛下が第一だ。それは全員、同じこと。ヴォルフラムだって一人前の武人なんだから、それくらいの覚悟《かくご》はできているはずです」

「けどおれはっ……」

蟻地獄に引きずり込まれた仲間達は、もう存在した痕跡《こんせき》もない。本当にあんな穴に落ちてしまって、運が悪ければ、くらいの確率で済むのだろうか。母親譲《ゆず》りの金髪《きんぱつ》やエメラルドグリーンの綺麗《きれい》な瞳が、あの中でどんな恐怖《きょうふ》に襲《おそ》われているかと思うと、胸が痛んで呼吸ができなくなる。おれなんかを守ってここにいるより、大勢の兵を救ってくれ。二十人もの生命とおれでは、天秤《てんびん》は向こうに傾《かたむ》くに決まってる。いくら王様だからって、そのために誰かを犠牲《ぎせい》にしていいはずがない。

「けどおれはあんたに……弟を見殺しにするような人でいてほしくないんだよ……」

「……さあ、早く離れないと。ここもいつ崩れるか判らないから」

「言ったよな」

次の言葉の準備のために、自分から確かな地面へと移動した。足の裏の感触《かんしょく》が、しっかりと踏みしめられる固さに変わる。

「言ったよな、コンラッド。おれの命令で動くって」

「それは」

「言っただろ、おれのサインで動くんだって。だったら命令するから、ヴォルフを助けに行ってくれよ！　おれはこのとおり大丈夫だし、強いのが一緒《いっしょ》だから心配ないって」

虚《きょ》を突《つ》かれた顔をして、コンラッドはおれたち二人を交互《こうご》に見比べた。命令ですかと呟《つぶや》くように確認してから、落ち着き払《はら》った長兄にはっきりと言った。

「陛下を」

「ああ」

背後にいるグウェンダルの表情は見えないが、ごく短いやりとりの中にほっとした響《ひび》きが聞けた気がして、この選択《せんたく》は決して間違《まちが》ってはいないのだと、妙《みょう》な自信が胸に湧《わ》く。

次男は末弟と部下達を救いに、脆《もろ》い斜面を滑《すべ》り降《お》りて行った。

「奴《やつ》の抜け道の見つけ方は判るか!?」

「あいつに出くわすのは三度目だ！　ではスヴェレラの首都で！」

この選択は決して間違ってはいない……はずだった。

3

眞魔《しんま》国国主である歴代魔王からの委任を受けてカーベルニコフ地方を治めるのは、フォンカーベルニコフ卿デンシャムだ。彼は十貴族の中でも特異な存在で、武術よりも商才に長《た》けている。そつなく抜け目ない性格だが、意外にも王への忠誠心は厚く、国家財政のためにならと納税額も桁違《けたちが》いだ。第二十七代魔王の滞在《たいざい》を知り、ぜひにと目通りを願ったのだが、時すでに遅《おそ》くユーリは馬上の人となってしまっていた。どうにかしてご用邸《ようてい》以外の場所にお出ましいただき、その場を後々「魔王陛下謁見《えっけん》の間」として公開、拝観料をとろうというデンシャムのもくろみは皮算用に終わった。こうなったら魔王陛下ご滞在記念硬貨《こうか》でも造ろうかと、名物・カーベルニコフパイをかじりながら考えている。

彼には妹が一人いるが共通点は髪《かみ》と瞳の色だけで、性格も言動も頭の中も、違いっぷりは魔族似てねえ三兄弟といい勝負だ。魔族ながら神出鬼没のその女性にとって、金儲《かねもう》けなどは意味をなさない。彼女の興味の対象はただ一つ、魔術の日常への応用だ。彼女の持論《じろん》は、こんなに便利で面白《おもしろ》い能力が戦闘《せんとう》時しか役に立たないなんてもったいなさすぎる。日常生活に生かしてこそ、魔力の真価が発揮される、というものだ。そのためには一に実験、二に実験、三四は内《ない》緒《しょ》で五に実験だ。

三四が何なのか、これまでは隣接《りんせつ》するヴォルテール地方の幼馴染《おさななじ》みしか知らなかった。

そして今、新たな標的が彼女の前に……。

「せっかくの陛下の匂《にお》いが消えてしまうのは残念ですが、大切なお召《め》し物《もの》ですからきちんと洗《せん》濯《たく》してお手入れしなくては。最終工程のシワ取りは熱した鏝《こて》を使う危険なものですからね。他《ひ》人《と》任せにするわけにはまいりません」

「でもギュンター、それは洗濯女のすることじゃなくて？　お仕事を取り上げてしまったら、あの娘《むすめ》たちきっと悲しむわ」

「何をおっしゃいますかツェリ様。陛下のお世話はこのギュンターの務め。洗濯したお召し物を着心地《きごこち》よく仕上げることも、教育係の大切な義務です」

大変な勘違《かんちが》いだ。

「今、着心地よく仕上げると言いましたね？」

ギュンターとツェツィーリエの視線は、開け放たれた扉《とびら》の向こうに同時に注がれた。小柄《こがら》でほっそりとしたご婦人が、背筋を伸《の》ばして立っている。凜然《りんぜん》と響く声は自信にあふれ、やや吊《つ》り気味の水色の瞳は、意志の光に満ちて明るい。燃えるような赤毛をきりりとまとめて、高い位置から背中まで垂らしている。気の強そうな美人の登場に、教育係は超絶《ちょうぜつ》美形の顔色を変え、セクシークィーンは胸の前でぱんと手を打ち合わせた。

「アニシナ！」

フォンヴォルテール卿グウェンダルの幼馴染みにして編み物の師匠《ししょう》、眞魔国の三大魔女としてツェリ様と並び称《しょう》される女性、フォンカーベルニコフ卿アニシナ、その人である。

「アニシナ、まぁあ、ほんとにお久しぶり！　このところ息子《むすこ》とも会っていないようだから、あたくしとてもとても気にしていたの」

「ご無沙汰《ぶさた》しております、上王陛下。ご健勝そうでなによりです。フォンクライスト卿も」

「え、ええ、アニシナ殿《どの》も……」

「前置きはさておき！」

他人の話を最後まで聞きやしない。

「居てくださって助かりました。グウェンダルを探していたのですが、どうやら領内には居ならしくて。協力していただきたいことがあるのです。わたくし万民《ばんみん》のありとあらゆる衣類を着心地よく仕上げるために、一つの発明をしてみましたので、よろしければ実験にお付き合い願いたい」

「……じ、実験台？」

「失礼な。もにたあです。よろしいですか？　よろしいですね！」

一人時間差断定口調。

「ではご覧いただきましょうか。わたくしの最新自信作、ぜーんーじーどーぉまーりょーくー

「せーんたーくきぃー！」

作品紹介《しょうかい》部分だけ、何故《なぜ》か奇妙《きみょう》なドラえもん調。


あの時のおれの選択は、決して間違っていないはずだった。

なのにどうして美女にレイを掛《か》けてもらえず、泥《どろ》のプールにダイブした気分なのだろう。

運良く難を逃《のが》れた斑馬《ぶちうま》を見つけ、おれたちは二人きりで進み始めた。とにかく早く砂丘《さきゅう》を抜《ぬ》けなくてはならない。夜は急激に温度が下がり、素人連《しろうと》れでやり過ごすには厳しすぎる。もっともおれにとっては昼だって地獄《じごく》で、酷暑《こくしょ》で今にも意識を失いそうだ。正気を保つためにも声を出し続けようと、たった一人の旅の仲間に言葉をかけるのだが、「ああ」「いや」以外の返事しかしてくれないし、長い問いには黙秘権《もくひけん》だ。意思の疎通《そつう》のなさからすれば、夫婦《ふうふ》ならとっくに家庭内別居。

考えてみれば相手は眞魔国一おれを嫌《きら》ってる男で、公園の小便小僧《こぞう》くらいにしか思われていない。貴重な水をチョロチョロ出す分だけ、あっちのほうがランキング上位だろう。いつものごとく不機嫌《きげん》で無表情だから、何を考えているのかも読みとれない。想像しうる限りでは最悪のペアで、息苦しいことこの上なし。

どういう態度で接したものだかよく判《わか》らずに、揺《ゆ》れる馬の背にタンデムしながら、腰《こし》に手を回してもいい？　なんて初々《ういうい》しいことを訊《き》いてしまった。中学生の初デートじゃないんだからさ……。こんなことなら安岡力也《やすおかりきや》と二人きりにされるほうがずっとましだ。だってとりあえず「おれも黒飴《くろあめ》マンだったんです」って告白すれば、会話のきっかけにはなるじゃないか。

どうしておれにだけ凶悪《きょうあく》パンダが見えたのかとか、どうしてあんただけ砂に飲み込まれずに済んだのかとか、コンラッドとヴォルフラムと兵の皆《みな》さんは、どのように蟻地獄《ありじごく》から脱出《だっしゅつ》するのかとか、知りたいことは山ほどある。けど今はこの砂丘を抜けることが先決で、自分にできるのは落馬しないように踏《ふ》ん張ることだけだ。

「おい」

「はい？」

グウェンダルが革《かわ》の水嚢《すいのう》を差し出していた。

「いいよ。おれさっき飲んだばっかだし」

実をいうと、さっきがいつなのか思い出せない。でも確実におれのほうが頻繁《ひんぱん》に飲んでいる。夏場の部活経験から、水分の大切さは身にしみて解《わか》っているし、熱中症《ねっちゅうしょう》や脱水症状《だっすいしょうじょう》の恐《おそ》ろしさも、一般《いっぱん》の人よりは知っているつもりだ。だけど残り僅《わず》かの水を独《ひと》り占《じ》めするわけには……。

「口をこじ開けられたいか？」

「……いただきます」

そんな、脅《おど》しみたいに言われたら、毒と知ってても飲んでしまいそう。あっ、まさか本当に一服盛っていて、目撃者《もくげきしゃ》がいないのをいいことに、目の上のたんこぶのおれを消し去ろうなんて企《たくら》んでるんじゃないだろうな⁉ そんな面倒《めんどう》なことをしなくても、この場に一人で放り出されれば、十中八九、黄色い砂の餌食《えじき》だろう。大自然の前には人間一人の生命などどんなにも儚《はかな》いものなのです。生き物地球紀行の映像とナレーション。広大な砂漠《さばく》の直中《ただなか》にポッンと転がる白骨化した自分。たとえコッヒーとして生き返れても、全身骨だけじゃ野球もできない。バッターボックスに立ったところで、デッドボール一球で文字どおり粉骨砕身《ふんこつさいしん》だ。まさに死球。てゆーか、お前はもう死んでいる。

またしても幻覚《げんかく》が見えてきた。今度は砂風の向こうに蜃気楼《しんきろう》の街だ。乾《かわ》いて痛む瞼《まぶた》を擦《こす》っても、揺らぐ建造物はなくならない。しかもコンタクトが動いたのか、デリケートな眼球に異物感が。

「気のせいかな、街が見えるんだけど」

グウェンダルは黙《だま》ったままだったが、進行方向は一致《いっち》している。街並みは、近づくにつれてはっきりしてきた。黄土色で統一されているのは、砂丘の砂をセメントに混ぜたからだろう。初歩のコンクリート造りということだ。

中央の巨大《きょだい》な建築物だけは、石を積み上げた堅固《けんご》な造りだ。住民の心の拠《よ》り所なのか、それとも政治の中心なのか。暑さで朦朧《もうろう》とした頭では、細かい観察などとても無理だった。

街は小規模だが縦に長く、いわゆる「どこそこ銀座商店街」一本分だった。といっても華《はな》やかな店などなく、売る物があるのかないのかも判らないような、埃《ほこり》っぽく汚《よご》れた間口が並ぶばかり。女性が何人か歩き回り、子供が地べたで遊んでいた。ぐるりと土地を囲む警備兵は異様に多いが、男の住民の姿はない。

「どういう街だろ」

おれたちが馬のまま乗り入れようとすると、警備の責任者らしき兵が寄ってきた。袖《そで》のない簡素な軍服で、腰には長くて重そうな剣《けん》を帯びている。日に焼けきった赤銅《しゃくどう》色の顔をにやけさせ、焦《こ》げ茶《ちゃ》の髪《かみ》を独特の形にカットしている。脇《わき》をすっかり刈《か》り上げて、丸く残した頭頂部の毛先だけを赤く染めているのだ。いわゆる軍人カットらしいが、頭にアレを載《の》せている状態。

「……イクラの軍艦《ぐんかん》巻き」

皆で動くと回転寿司《ずし》みたい。

「馬は入れねえ」

グウェンダルは黙って鞍《くら》から降り、手を貸すふりで顔を隠《かく》すようにと囁《ささや》いた。回転寿司代表が訊いてくる。歯の間から息が漏《も》れてる喋《しゃべ》り方だ。

「砂丘からキたのか」

「ああ」

「ほう、そりゃすげえ！　ヒねもすに遭《あ》わなかったのか」

ひねもす⁉ それは砂地なんかじゃなくて、春の湖をのたりのたりと泳いでる恐竜《きょうりゅう》だろう？

グウェンダルの抑揚《よくよう》のない返事では、寿司ネタ達が笑っている理由は判らない。

「遭わなかったな」

「運がイイな！」

「馬を休ませたい、それに水と食糧《しょくりょう》も調達したい。宿はあるか？」

「さあ、シらねえ」

集団はゲヒゲヒとやかましく笑う。命知らずな連中だ。この人にそんな失礼な態度をとるなんて、無礼討《う》ちにされても文句は言えない。ところが、冷徹《れいてつ》無比、絶対無敵、魔族《まぞく》の中の魔族フォンヴォルテール卿《きょう》グウェンダルは、じろりと相手を睨《にら》んだ後に、信じられないほど下手に出た。

「休める場所があればお教え願いたい。水と食糧も分けてもらえれば助かるのだが」

「金シだイってとこだ」

おれはもうただただ驚《おどろ》いてしまって、黙ってついてゆくことしかできなかった。

街は選挙が迫《せま》っているのか、至る所にポスターが貼《は》ってある。男女二人の候補者の顔は、幼《よう》稚園児《ちえんじ》の傑作《けっさく》レベルだった。マルかいてちょん、みたいな。下に書かれている文章はおれには読めない。

「ここにいろ、迂闊《うかつ》なことはするな」

グウェンダルは一軒《いっけん》の店へと姿を消し、おれは通りに取り残された。乾いた地面にしゃがみこんでいた子供達が、三歩先の円めがけて何かを放った。遊び道具は錆《さ》びた釘《くぎ》だ。

「大人になったら大工さんになりたいの？」

「大工？　なにいってんのー、男はみんな兵士になるんだよーう。でないと食ってけないもんよーう。なー？」

同意を求める「なー？」に彼等は即座《そくざ》に頷《うなず》く。

母親らしき女性が緊張《きんちょう》した声で、家に入れと子供を叱《しか》った。髪も目も茶色にしているのに、それでもおれは不吉《ふきつ》に見えるのだろうか。

「おい、これ……」

円の中から遊び道具を拾っても、受け取りに来る男の子はもういない。右手首のデジアナGショックによると、数え慣れた二十四時間制では午後三時半。暑さはまだまだおさまらず、顎《あご》から汗《あせ》が滴《したた》った。

「旅のひと」

優《やさ》しい声に振《ふ》り向くと、巨大な建造物の扉《とびら》から綺麗《きれい》なおねーさんが手招きしていた。あれだけ睫毛《まつげ》が長ければ、砂から眼球を守れるだろう。

「そこは暑いでしょ。お連れさんを待つなら教会の中にいるといいよ」

知らない土地で飲み食いしてはいけないと教育係に叩《たた》き込まれたが、涼《すず》しい所に避難《ひなん》するくらいは問題ないだろう。石造りの建物はひんやりしていて、ホームから電車に乗ったみたいに汗が一気に引いていった。どうやらこの国の神様らしき存在が、両脇《りょうわき》の壁《かべ》から正面の祭壇《さいだん》に達するまで、ずらりと横一列に並んでいる。その数およそ三百体の……。

「わ、藁人形《わらにんぎょう》……？」

別の意味でも涼しくなった。偶像崇拝《ぐうぞうすうはい》も甚《はなは》だしい。

「お前達も神に祈《いの》ることがあんのかイ？」

さっきのイクラの軍艦巻きが、自分の背中で戸を閉めた。七、八人の仲間が一緒《いっしょ》で、プチ回転寿司状態だ。いやな予感がする。おれはイクラより鮭《さけ》のほうが好きなので。

「あんまし祈んないな。野球の神様くらいにしか」

祈っても打てた例《ためし》がない。男達はおれを囲い込むように、剣に手をやりながら近づいてきた。

まさか地元の教会で、人を斬《き》ったりはしないだろうね⁉

「おとなシくシてリゃ殺シャシねえ」

シのとこ喋りづらそうだ。

扉を蹴破《けやぶ》る音がして、グウェンダルが外から叫《さけ》ぶ。

「出ろ！」

「えっ⁉　で、出ろって」

慌《あわ》てて走ろうと足を動かすが、服の裾《すそ》を掴《つか》まれて進めない。頭部の被《かぶ》り物を剝《は》ぎ取られ、首をホールドされてつま先立ちになる。

「やっぱりな」

「やっ、やっぱり、なにっ」

眞魔《しんま》国の技術の粋《すい》をあつめた変装で、おれの外見は平凡《へいぼん》な人間のはず。高貴なる黒を身に宿した特殊《とくしゅ》な存在だとか、双黒の現人《あらひと》を手に入れると不老長寿《ふろうちょうじゅ》だとか、コーヒーには砂糖もミルクも入れないのとか、黒に関することとは無縁《むえん》のはずなのだ。なのにどうして拉致《らち》されそうになってるんだろう。

男達に促《うなが》されて、グウェンダルが苦い顔で教会に入ってくる。ここ涼しいだろなんて軽口をきけるような雰囲気《ふんいき》ではない。何が悪かったんだか見当もつかないが、今すぐにでも謝ってしまいたい。

「イくら魔族の武人でも、教会内ジャ魔術は使えねえだろ。神様のお力に満チてるからな」

「何が望みだ、金か？」

眉間《みけん》のしわが深くなり、口元が僅《わず》かに引きつった。明らかに頭にきている。

「もチろん金は手ニ入れるが、そっちの懐《ふところ》からジャねえ。もっと大金を稼《かせ》ぐのさ。首都の役人に突《つ》キ出せば、賞金がごっそリ入ってくるからよ……お前等、これだろ？」

イクラちゃんは先程のポスターを広げた。

「ええっ⁉　おれ立候補なんかしてないよっ⁉」

一瞬《いっしゅん》、妙《みょう》な間があった。どうも選挙ポスターではなかったらしい。

「シらばっくれんな！　そっくりジャねえか」

ええっ⁉　今度の驚きはグウェンダルも一緒だ。幼稚園で母の日に描《か》かされた、スプーンに毛の生えたような前衛的な人物像が、おれたち二人に似ているというのか。

「手配。背は高く髪が灰色の魔族の男と、少年を装《よそお》った人間の女。この者達、駆《か》け落ち者につき、捕《と》らえた者には金五万ペソ」

「ペソ⁉」

またしても驚くポイントを外した気がする。グウェンダルは聞き逃《のが》していなかった。

「駆け落ち者だと？　私がか？　私と……これがか⁉」

「これとはなんだよ、コレとはぁ！　じゃなくてっ、駆け落ち者って何？　ひょっとして新しい丼物《どんぶりもの》のメニュー⁉　それとも親に結婚《けっこん》反対されて、手に手をとって逃《に》げましょうってラブあんど逃避《とうひ》行《こう》のこと⁉　そんなバカな！　グウェンとおれが⁉　第一おれたち……」

男同士じゃん！　というツッコミを入れる前に、イクラちゃん軍団の一人が何の断りもなく、おれの胸に手を突っ込んだ。

「ぎゃ」

「……随分《ずいぶん》と乳《ちち》のない女だな。これから成長すんだとしても」

大勘違《かんちが》いのセクハラ行為《こうい》をはたらいておいてからに、困ったような顔をするな。この先、成

長する予定もないし、乳は一生そのままです。もっと鍛《きた》えてマッチョになれば、ぴくぴくさせるのは可能かもしれないけど。

「まあ顔が可愛《かわい》けりゃ、坊《ぼう》やミてえな女が好ミって奴《やつ》もイるんだろうさ」

「だから女じゃねーっつってんの！　胸だけじゃなくて下も触《さわ》ってみ、下も！」

ギュンターが号泣《ごうきゅう》しそうな品のなさに、軍団員は当惑《とうわく》している。ああもう、いっそのこと全部脱《ぬ》いでやりたい。自慢《じまん》できるほどのものではないけれど。

グウェンダルも腹に据えかねて、感情をあらわに叫んでいる。

「ふざけるな！　その人相書きのどこが似ているというんだ！」

「そうだー！　おれよりチャーリー・ブラウンに似てんじゃんそいつッ」

軍団員がおれの右腕《みぎうで》を掴み、手の甲《こう》をイクラちゃんの方に向ける。女優が婚約《こんやく》指輪見せるポーズ。まるまる一日の砂丘《さきゅう》の旅で、布に覆《おお》われていなかった手は赤くなっていた。だが真ん中にはぼんやりと白く、どこかで見たような焼け残りが。

「見ろ！　駆け落ち者の印《しるし》があるぞ。隣国《りんごく》ジャ婚姻《こんいん》に関する咎人《とがにん》は、手の甲に焼き印を押されるからな。おまえらそっチから逃げてキたんだろ。これで言い逃れでキねーぞ」

「待てよそれはシーワールドのスタンプだって！　ほらワンデイフリーパスって書いてあるだろ、読めるだろ⁉」

読めるわけがない。特殊インクが裏目に出た。一日どころか一生の自由を左右しそうだ。

「さあ、こイつの首をへシ折られたくなけりゃ、エモノを置イて互《たが》イの腕《うで》ニこれを塡《は》めな」

ヴォルフラムが言っていたように魔族に直接触《ふ》れるのが怖《こわ》いのか、短く重そうな鉄鎖を足下《あしもと》に放る。金属のぶつかる鈍《にぶ》い音。グウェンダルは鋭《するど》い視線を男に向けたまま、おもむろにしゃがんで鎖《くさり》を拾った。おれって見かけに寄らず小市民的正義漢だから、いまだかつて警察のご厄《やっ》介《かい》になったことはない。それがこんな異国の教会で、手錠《てじょう》をかけられようとは思ってもみなかった。それも無実の罪どころか、性別を超《こ》えた人違いで。

「右手は、やめろ、おれ右投げ右打ち、だからっ」

ホールドされて息が苦しい。長男はおれの左手首と自分の右手に鉄の輪を塡めた。絶望的な音でロックされる。二人の間の太い鎖は約三十センチ。手錠と言うよりは手鎖だが、江戸《えど》時代の文人がつけられた物とは似ても似つかない。肩《かた》が傾《かたむ》くくらいに重かった。

運が悪いにもほどがある。よりによって最悪の組み合わせで、二人三脚《ににんさんきゃく》状態にされるなんて。この場合どっちが刑事《けいじ》でどっちが犯人に見えるだろう。

警察官のことを考えたら、先週の六時のニュースを思い出した。女性がストーカーに抱《だ》きつかれたら……。

「ふごッ」

頭突《ずつ》きと急所蹴《げ》りを同時にかますと、締め付けていた男は呻《うめ》いてうずくまる。自分でも舌を嚙《か》んでしまい、お口の中は大惨事《さんじ》だ。咄嗟《とっさ》に手近なご神体を摑み、頭部を摑んで突き出した。

「おまえら、動くなーっ！　動くと神様に釘《くぎ》を刺《さ》ーす！」

藁人形《わらにんぎょう》には五寸釘《ごすんくぎ》がよく似合うが、今日のところは子供用の錆《さ》び釘で我慢《がまん》しといてやらあ。ご神体を人質にとろうだなんて、おれもかなりの罰当《ばちあ》たりだ。だんだん魔王《まおう》らしくなってきた。

日本古来の儀式《ぎしき》的作戦よりも、グウェンダルの素早《すばや》い攻撃《こうげき》の方が効果的だった。あの超長《ちょうちょう》い脚《あし》で蹴り飛ばされ、あっという間に三人が吹《ふ》っ飛んだ。ハイキック、回し蹴り、うわ、真空跳《と》び膝蹴《ひざげ》り！　技《わざ》のキレはキックの鬼《おに》だ。

「走れ！」

言われるまでもない。教会の冷たい空気を振《ふ》り切って、埃《ほこり》っぽく明るい通りを駆け抜《ぬ》けた。足音と怒声《どせい》が追ってくる。耳のすぐ横を何かが掠《かす》めて、二歩先の地面に突き刺さった。

「やめてくれー！　そんな投げ槍《やり》にならないでくれよーっ！」

街の入り口では斑馬《ぶちうま》が、顎《あご》に涎《よだれ》と草をつけて満ち足りた顔で待っていた。飛び乗ったグウェンダルは腹を蹴り、おれを鎖ごと引きずり上げる。

腕に腰《こし》を回していいか訊《き》く暇《ひま》もないが、どっちみち文法的に間違っている。

4

私のこのような恥《は》ずかしい姿をご覧になったら、陛下はなんとおっしゃるでしょう。

世が世なら流し目だけで一財産稼げそうな麗人《れいじん》は、水を張った樽《たる》に片腕《かたうで》を突っ込み、ぐるぐる回る洗濯物《せんたくもの》を眺《なが》めながら、消耗《しょうもう》して麻痺《まひ》しかける脳味噌《のうみそ》で主の笑顔《えがお》を思い出そうとしていた。

「アニシナ殿《どの》」

「なんです」

自分では何一つ動こうとせず、腕組みをして学者然と立っている女発明家に、ギュンターは細い声で訴《うった》える。

「く、苦しいのですが」

「当然です。もにたあに多少の苦労はつきものですからね」

「その、もにたあというのは、いったいどこの国の言葉なのですか」

「もっといいもの造るために、あなたの身体《からだ》でためしたい、の略です」

どう略しても『もにあた』だ。

だが、やっぱりやっぱりやっぱり実験台だったのだ！　グウェンダルが幼馴染《おさななじ》みであるアニシナを避《さ》けていたのは、実験台にされたくなかったからだ。こんなことに度々《たびたび》付き合わされていれば、名前を聞くだけで苦い顔になるのも納得《なっとく》がいく。

だが判《わか》ったときには遅《おそ》かった。ギュンターは今や彼女の支配下だ。

「しかし見たところ、私の魔力《まりょく》を使って水と洗い物を回しているだけにしか思えないのですが……これの、どの辺りが新発明なのでしょう」

「布が巻き付かないように、からまん棒理論を応用しているのです。とはいえあなたの疲《つか》れ具合からすると、どうやらこの全自動魔力洗濯機、消費魔力が大きすぎるようですね。これからは我々魔族も省えねの時代、従ってこれは……」

魔女の瞳《ひとみ》がきらりと光った。

「失敗作です!」

マッドサイエンティストならぬ、マッドマジカリスト、フォンカーベルニコフ卿《きょう》アニシナ。

もっと早く言ってやれ。

自分ではまったく記憶《きおく》にないが、おれは過去に二回ほど、すごい魔術をご披露《ひろう》しているらしい。マギー司郎も真っ青というくらいに、そりゃもう強烈《きょうれつ》なものだったという。一度目は雨がらみで二度目は骨がらみ。もしもそれが事実なら、平凡《へいぼん》な県立高校一年生の自分は、ナチュラルボーンマジシャンだということになる。だったら追い詰《つ》められている今だって、魔術で現状を打破できたりしないだろうか。

スヴェレラの首都までもう半日という荒野《こうや》のただ中で、二人きりの野宿を余儀《よぎ》なくされながら、膝《ひざ》を抱《かか》えて呟《つぶや》いた。

「呪文《じゅもん》とかあるんなら教えといてくれれば……」

乾《かわ》いた空気に光を放つ月星の下で、とりあえず試してみようと唸《うな》っていると、びびった斑馬が逃《に》げ出した。また一歩、逆境に近付いてしまった。グウェンダルは冷たい視線を送っただけで、笑おうとも追いかけようともしなかった。もう少々の馬鹿《ばか》では驚《おどろ》きもしない。

都市への道は確かに砂漠《さばく》っぽかったが、アラビアのロレンス風衣装《いしょう》よりもテンガロンハットが似合うような、岩とサボテンと枯《か》れ草《くさ》の荒野だった。地球儀《ちきゅうぎ》で指差すならアリゾナだ。岩陰《いわかげ》で火を熾《おこ》ししゃがみ込むと、野営の準備はそれだけで終わってしまった。テントもなければシュラフもない。ジャガイモ入りのカレーもキャンプファイアーも。水と干し肉だけの夕食を黙々《もくもく》と摂《と》ってから、することもなくて横になった。さっきから誰《だれ》とも話していない。もうすぐ言葉を忘れそう。

ああ、月が青い。星が白い。火の傍《そば》に寄ってもまだ寒い。

眠気《ねむけ》というよりも寒気のせいでウトウトしていると、腹の辺りで何やらむずつく感じがした。

蠍《さそり》かガラガラヘビだったらどうしよう、反射的に飛び起きたおれの上に。

「……ど……」

グウェンダルが覆《おお》い被《かぶ》さっていた。

どちらも言葉がない。すーっと視線を下げていくと、長男の指はおれのズボンのベルトにかかっている。

まさか⁉

「まさかあんたまで、おおおおれを女かもしんないとか思っちゃってて、この際おとこか女か確かめようなんてベルトベルトっ」

「待て」

「そんなん待てるかよっ、うわー信じらんねぇ大ショック！　十六年も真面目《まじめ》に生きてきて、ここにきて女子と疑われるなんてッ！　修学旅行の男子風呂《ぶろ》でも平均とそんなに変わりなかったのにーっ」

「待て、落ち着け。お前の性別を疑ったことはないし、女に見えるとも思わない」

眉《まゆ》と目の間がいつもより開いている。どうやら少々慌《あわ》てているらしい。

「……だよな？　どの角度から観察しても、おれって普通《ふつう》に男だよな？」

「ああ」

「顔も声も服も動きも言葉《ことば》遣《づか》いも、飯の食い方も男だよな」

「間違《まちが》いなく」

お世辞を言ってくれるような奴《やつ》じゃないので、この言葉は信用してもいいだろう。ちょっと安心。

「……じゃあどうしてベルト外そうとしてるんだよ……あーっまさかアンタ弟と同じ趣味《しゅみ》で、ファイト一発しよーとしてんじゃねぇだろなっ⁉」

「違う！」

彼らしくなく焦《あせ》って右手を顔の前で振る。当然おれの左手首も持ち上げられ、鎖《くさり》と共に振り回された。

「いたいたいた、痛ェったらッ」

「ああ、すまん」

恐《おそ》る恐る視線を下ろしてみると、長い指が摑《つか》んでいたのはベルトではなく、青く揺《ゆ》れる飾《かざ》りだった。

「……ああ、なんだ。バンドウくんかぁ。だったら最初からそう言えよー」

重低音ボイスで強面《こわもて》のフォンヴォルテール卿だが、小さくて可愛《かわい》らしいものを愛するという、意外な一面も持ち合わせているらしい。半信半疑で聞いていたが、ベルトのバックルにぶら下がったままの、ドルフィンキーホルダーを摑む熱心さからすると、情報は真実だったようだ。

おれが外して差し出すと、スケルトンブルーでつぶらな瞳の泳ぐ哺乳類《ほにゅうるい》は、炎《ほのお》をぺかりと反射した。

「やるよ」

高価な宝石でも受け取るみたいに、グウェンダルはアクリルをそっと握《にぎ》る。

「……いいのか？」

「いいよ。そいつら苦手。何考えてるか分かんねぇから」

丸っこい目と半開きの口、短い胴体《どうたい》にハート形の尾《お》ヒレ。

「名前は？」

「バンドウくん……か、エイジくん」

「バンドウエイジか。可愛いな」

本物はもっと、おっかないよ。

「なあ」

今なら落書きや小便小僧《こぞう》ではなく対等に話ができるかと思って、天の光を眺めながら、おれは道連れの名前を呼んだ。フォンヴォルテール卿グウェンダル、手錠《てじょう》で繋《つな》がれた不運な魔族。

「グウェンダル、訊《き》こう訊こうとは思ってたんだけどさ、コンラッドやヴォルフラムや兵士の皆《みな》は本当にあそこから抜《ぬ》け出せたわけ？　それ以前にどうしてニューカラーバリエのパンダが、おれ以外の人には見えなかったんだ？　それから、ドジふんで手錠なんかされちゃったのには責任感じてるけど、途中《とちゅう》でいくつも手頃《てごろ》な石を見かけたのに、鎖が切れるか試しもしないのは

「どういうわけ？　ガンガンやれば何とかなるかもしんねーじゃん」

グウェンダルは火の光の当たる顔の半分だけで、不機嫌《きげん》そうな表情をつくった。

「全《すべ》てに答えろというのか」

「……できたら」

プレゼントでご機嫌を窺《うかが》ったのに、どこまでも謙虚《けんきょ》な小心者ぶりだ。

「いいだろう。まず砂熊《すなくま》に関しては、我々にも気の緩《ゆる》みがあったことは否《いな》めない。だが本来あれは、小規模な砂丘《さきゅう》に生息する種ではない。ということはスヴェレラの人間どもが、国境の行き来ができないようにと、人為的《じんいてき》に放ったものと考えられる。内戦の名残《なごり》か密売人の妨《さまた》げか、その辺りのことははっきりとは判らんがな。実は数年前にスヴェレラでは法石が発掘《はっくつ》されたのだ。各国の法術使いは、喉《のど》から手が出るほど欲しがっている。不法に儲《もう》けようという商人が、それを見逃《みのが》すはずがない。貴重な法石を国外に持ち出されないようにと、国境に、危険な罠《わな》を仕掛《しか》けたのだろう」

地球では絶滅危惧種《ぜつめつきぐしゅ》だというのに、ここではトラップの一環《いっかん》か。

「しかもこの地域は戦乱の歴史が長い。つまりそれだけ法術が発達しているということだ」

「ちょっと待った、その法術ってのはナニ？　魔術と法術ってどう違うの？」

教育係の仕事だろうと、グウェンダルは眉間《みけん》にしわを寄せた。だがイルカ効果は絶大で、会話を終わりにはしなかった。

「魔術は我々魔族だけが持つ能力だ。魔力は持って生まれた魂《たましい》の資質、つまり魔族の魂を持つ者にしか操れない。逆に法術は人間どもが、神に誓《ちか》いを立て乞《こ》い願《ねが》うことで与《あた》えられる技術だ。生まれつきの才や祈禱《きとう》の他《ほか》に、修行《しゅぎょう》や鍛錬《たんれん》でも身につけられる。法石は法術の技量をいくらか補って、才のない者にも力を与える。これまでに発掘された地域は少ないから、かなりの高値で捌《は》けるだろう」

「じゃあその貴重な資源の流出を防ぐために、国境にトラップを仕掛けたのか……」

「だろうな。お前にだけ砂熊が見えたというのは、惑《まど》わすように覆っていた法術の効果がなかったせいだろう。どういうわけかは判《わか》らんが、生来の鈍《にぶ》い体質なのか」

そうかもしれない。子供の頃から催眠術《さいみんじゅつ》とか自己暗示とかにかかったことがないし、修学旅行の集合写真で、霊《れい》の顔が見えなかったのもおれだけだ。

「それにこの手鎖《てぐさり》にも法石の粉末が練り込まれている。石で叩《たた》き切ろうとしたところで、余計な体力を使うだけだ。我々に従う要素が濃《こ》く存在する、魔族《まぞく》の土地でならいざ知らず、こんな乾いた人間の土地で、法術を破るのは困難だ」

「噓《うそ》、外せねーのこれ!?　それじゃおれたちこれからどーすんの!?」

永遠に二人きりの情景を想像してしまった。お風呂も一緒《いっしょ》、寝《ね》るのも一緒だ。病《や》めるときも健《すこ》やかなるときも、トイレはいつでも連れションだ。耐《た》えられない。

グウェンダルはキーリングを観察しながら、低く抑《おさ》えた声で言った。

「先程の街でコンラート達が追いつくのを待つつもりだったが、こうなった以上は首都に向かう。まず教会で法術の使えそうな僧侶《そうりょ》を捕《つか》まえて、この忌々《いまいま》しい拘束具《こうそくぐ》を断《た》ち切らせてくれる。ゲーゲンヒューバーと魔笛《まてき》の件はそれからだ」

彼も連れションは嫌《いや》だったらしい。

「けどその調子じゃ、コンラッドもヴォルフも八割方は無事なんだな？　だって落ち合うのが当たり前って感じに聞こえるし」

「奴ほどの武人が砂熊相手に命を落としたら、末代までの語り種《ぐさ》だ」

「すごいなあ、おれなんかパンダと相撲《すもう》とったら負けちゃうよ」

「だから引き上げた」

疲労《ひろう》と寒さに耐えられず、膝《ひざ》を抱《かか》えて丸くなると、睡魔《すいま》はすぐに襲《おそ》ってきた。アリゾナの真ん中で眠《ねむ》れるとは、おれの神経も太くなったものだ。けれどそれは隣《となり》に誰《だれ》かがいてくれるからで、独りきりだったら恐怖《きょうふ》のあまり半狂乱《はんきょうらん》だろう。

「おい」

「なに」

「保温効果を上げるためにもう少し近づけ」

「……そんな小難しく言わなくても」

遭難《そうなん》中のパーティーの鉄則どおり、肩《かた》と肩をくっつけた。間で鎖が重い音を立てる。

「おい」

「まだなんかあんの？」

「動物は好きか。ウサギとか、猫《ねこ》とか」

「……オレンジ色のウサギは嫌《きら》い。猫は……そうだな、猫よりライオンが……好きだ……白いやつ。白い獅子《しし》」

眠る直前の話題がこれでは、今夜の夢は決まったも同然だ。


息も絶え絶えにカントリーロードを歌いながら、おれたちが首都に辿《たど》り着いたのは、太陽もすっかり高くなった頃だった。汗《あせ》にまみれて半日歩いても、ウェルカムドリンクとシャワーのサービスさえない。それでも完歩できただけ上等だ。数ヵ月前のおれだったら、絶対に途中でリタイアしていた。基礎《きそ》体力が付いてきたってことだろう。草野球魂《だましい》炸裂《さくれつ》だ。

ゲートを入った途端《とたん》に鎖の重さが戻《もど》ってきた。移動中に気にならなかったのは、反対側で持ってくれていたせいらしい。

指の距離《きょり》があんまり近いので、無粋《ぶすい》な鎖で繋がれているのか、それとも普通《ふつう》に手を繋いでいるのか、互《たが》いに判らなくなってきていた。

「やっぱ手錠は見られたらまずいよね。逃亡犯《とうぼうはん》かと疑われちゃうもんな」

「ああ」

鎖をうまいこと布でくるみ、風呂《ふろ》敷包《しきづつ》みみたいにして、二人の間にぶら下げてみた。通りかかった若い娘《こ》が、聞こえよがしに囁《ささや》き合った。

「みてみてー、荷物を二人で持ってるわー、あつあつよー、でもきっと今のうちだけよねー」

ナイスなリアクションありがとう。今のうちというより、今だけです！

「あのさー、おれたちって、食器洗い洗剤《せんざい》のＣＭみたいじゃねえ？」

「食器など洗ったことはない」

ブルジョワめー。

国の中心だけあって、国境の街とは規模が違《ちが》う。南には王宮がそびえ立っていたし、人の行き来も激しかった。ただし兵士の比率が非常に高く、店を守るのは女子供や老人で、男はほとんどが兵隊だった。みんな軍人カットできめているが、部隊によって毛先の染め色が異なるらしく、赤と黄色と白茶がいる。

イクラとウニとツナサラダの軍艦《ぐんかん》巻きだけの回転寿司《ずし》だ。なんかこう、ちょっと、食欲をそそる。

尖《とが》った屋根を持つ教会は、真っ昼間だというのに静まり返っていた。背の高い扉《とびら》は閉じられていて、中から鍵《かぎ》がかかっている。冷静沈着《ちんちゃく》なはずのグウェンダルが、長い脚《あし》を構えるのが目に入る。おれも慌《あわ》てて調子を合わせ、二人同時にドアを蹴破《けやぶ》る。

その瞬間《しゅんかん》、場内全員の視線が集中した。誰もがマネキンみたいに凍《こお》りついている。

教会の礼拝堂内には、百人近い参列者が座っていた。直線コースの向こうでは、白い衣装《いしょう》の男女と神父さんが動きを止めている。司祭さんか牧師さんかもしれないが。

「ぐ、グウェン……結婚式《けっこんしき》の最中《さいちゅう》みたいだけど……」

「の、ようだな。出直すか」

「そうしよ」

花嫁《はなよめ》さんは純白で柔《やわ》らかそうな、袖《そで》なしのウエディングドレス姿だった。ベールで覆《おお》われているせいで、驚《おどろ》いた顔は見えなかった。見慣れたイクラの軍艦巻きで、新郎《しんろう》の職業はすぐに判った。若い二人の記念日を邪魔《じゃま》してはいけない。おれたちは一歩、後ずさる。

「ちょうどよかった！」

お調子者の声が響《ひび》いたのは、手錠組《てじょう》が背中を向けようとした瞬間だった。

「それでは人生の先輩《せんぱい》である、愛し合う番《つがい》のお二人に、祝福の言葉を頂戴《ちょうだい》しましょう！」

は？

こちらに向かってさくっと伸《の》ばされる、司会らしき初老の男性の手、並べられたベンチの両《りょう》脇《わき》を回り、マイク代わりのメガホンを持って走ってくる係員。式の雰囲気《ふんいき》にすっかり飲み込まれて、目を潤《うる》ませるお客さんたち。

そしてスピーチを求められている、愛し合うツガイのお二人ことおれたち。

「愛し合うツガイぃ⁉」

番とはどういう意味だろう。幼稚園《ようちえん》で飼っていた二羽のインコは、雄《おす》と雌《めす》の一組でそう呼ばれていた。もしかしてご来場の皆様《みなさま》は、手錠で繋《つな》がれたらカップルだという先入観にとらわれてはいないだろうか。けれど風呂敷包みに見立てているから、鎖《くさり》は傍目《はため》に触《ふ》れないはず。

「手なんか繋いじゃって熱々ですね！　一足先にご夫婦《ふうふ》となったお二方から、若い者にぜひとも一言お願い致《いた》します！」

「夫婦じゃないッ！」

おれと長男の異口同音。司会者は大げさに肩をすくめ、メガホン係が口元まで手を伸ばした。

「では、どのようなご関係で？」

「元々こいつは、弟の婚約者だ」

「え⁉」

厳密にいうとそれもちょっと違《ちが》うのだが。長身で美形血族のお答えに、会場は別の意味でざわついた。

「弟の婚約者と……いっそう情熱的だなぁ」

「えっ⁉　いっ、いやっ、誤解、誤解ですってッ」

悪い方向へと感心されている。だって男同士じゃん⁉　という言い慣れたツッコミも間に合わない。

うつむいていた花嫁が、ゆっくりとこちらに顔を向けた。縦にも横にもSサイズの、成熟を感じさせない体つきだ。彼女にとってこの佳《よ》き日は、一生一度の晴れ舞台《ぶたい》だ。そんな貴重な記念の日を、不運な事故みたいに乱入してきた奴等《やつら》が、台無しにしていいはずがない。このまま背を向けて逃《に》げ去って、想《おも》いを踏《ふ》みにじって許されるわけがない。

「えーとですねっ」

久々に発したマジ声が、緊張《きんちょう》で喉仏《のどぼとけ》に引っかかる。

きみの大切な一日を、おれの都合で潰《つぶ》しちゃいけないよな。

「えー、結婚生活で大切なのはー、三つの袋《ふくろ》と申しましてーぇ」

親父《おやじ》の冠婚葬祭《かんこんそうさい》スピーチレパートリーだ。残念ながらこの先が定かでない。グウェンダルがしかめっ面《つら》で腕《うで》を引っ張る。

「……ひとつめは池袋ォ、ふたつめは非常持ち出し袋ォ、更《さら》にみっつめが……えーと、そう、手袋とか言われております」

おかしいぞ。どこかにお袋が入っていたはずだ。ひょっとして三個とも記憶《きおく》違いか？

「特にこの、みっつめの手袋は非常に重要で、逆から読むと六回もぶたれてしまいます。まあいわゆる流行のドメスティックバイオレンスとかいう、人として許し難《がた》い罪になりましてェ」

好奇心《こうきしん》と期待で静まり返る教会。造花のブーケを握《にぎ》りしめた若い新婦は、身体《からだ》ごとこちらに向き直った。おれはたちまちくじけそうになる。

「でも手袋はッ、いつでも二つで一組です。二つないと役に立ちません！　ひとたび対《つい》となったお互いは、決して別の相手とはしっくりいかないという……」

口から出任せ度七十七％。家で使っていた徳用軍手は、一ダース全部が同じ形だった。

現代日本の消費社会がどうであれ、ここはとにかく「ちょっといい話」で締《し》めておこう。

「ですから結婚後は夫婦は常にお互いを手袋の片方と思うことによりィー」

「……そうよね」

「そうなのよ……は？」

つられておねーさん言葉になってしまう。今の相づちは誰ですか。

「そうですよね。ひとたび対となったお互いは、決して別の相手とは結ばれない。手袋ってそういうものですよね？」

「んー、あーまあ、徳用軍手以外はね」

新婦が、きっと顔を上げ、ブーケとベールを投げ捨てた。慌てた神父と司会者が、ダイビング気味にキャッチする。次の花嫁は、あなたたちです！

小麦色に焼けた肌《はだ》によく似合う、少年みたいなショートカット。意を決した大きめの瞳《ひとみ》は赤がちの茶色で、前髪《まえがみ》が動くほど睫毛《まつげ》が長い。純白のドレスの裾《すそ》をたくし上げ、潔《いさぎよ》い足取りで階段をおりてくる。新郎神父も司会者も、呆気《あっけ》にとられて動けない。

「あたし、間違っていました」

「はぇ、何が？」

「あなたの言葉で気づきました。ありがとう」

「どういたしまして……だから、何が？」

「別の相手と結婚するところでした」

おれの脇腹《わきばら》に触れた肘《ひじ》が、がっくりと脱力《だつりょく》して垂れ下がる。グウェンダルが何をやってくれたんだと低く唸《うな》った。お集まりの皆さんの機嫌《きげん》を損《そこ》ねるような、失礼なことをかましたつもりはないのだが。

彼女がおれたちの前まで来たところで、参列者の一人が金縛《かなしば》りから解けた。

「おい、花嫁が逃げるぞ」

じゃあ、それに乗じておれたちも逃げよう。

そう思ったとき。

「お願い、一緒《いっしょ》に」

自由なはずの右手が摑《つか》まれた。おれのスピーチはそんなに感動的だったか？

「あいつら花嫁を攫《さら》うつもりだーっ」

「へぇえッ!?」

逃げると攫うは大違いだ。このままでは本物の犯罪者にされてしまう。

5

隣《となり》で、しなびた感じの馬にまたがる異父弟を盗《ぬす》み見ながら、ウェラー卿《きょう》コンラートは心からそう思った。埃《ほこり》ですっかりくすんだヴォルフラムの金髪《きんぱつ》からは、揺《ゆ》れるたびに砂粒《すなつぶ》がこぼれ落ちる。無理もない、通気孔《こう》を通って砂熊《すなくま》の巣から脱出《だっしゅつ》する間は、吸っているのが空気なのか砂なのかさえ判《わか》らないほどだったのだ。ほぼ全員が五体満足で抜《ぬ》け出せただけでも、眞王のお恵《めぐ》みに感謝しなくてはいけない。

髪《かみ》が短くて本当によかった。

「申し上げます！」

フォンヴォルテール卿の部下だった者が、ギャロップで近付いてきた。南岸の商家の次男か三男と記憶《きおく》している。武勲《ぶくん》をたてるような男ではないが、人をまとめることには長《た》けていた。グウェンダルは彼を副官にしていたのだろう。名前も思い出せるといいのだが。

「聞こう」

「人馬の数を確認《かくにん》いたしました。獣《けもの》の唾液《だえき》で火傷《やけど》を負った兵が数人おりますが、いずれも軽傷で深刻な事態ではありません。しかし馬が……」

「どうした？」

「……二頭増えました」

「増えた？」

たくわえ始めて間もない口髭《くちひげ》を、きまり悪そうに撫《な》でている。思い出した、この男の名前はボイド。豪商《ごうしょう》ボイド家の次男だった。

「おそらく食糧《しょくりょう》として巣の中に備蓄《びちく》されていたのではないかと。それがそのー、閣下が砂熊めを討《う》ち果たされ、我々の脱出に紛《まぎ》れ込んだものと思われますが……」

「ああそう。じゃ、ささやかな戦利品ってわけだ。せっかくだから荷でも運んでもらおうか。疲《つか》れた馬から移し替《か》えてやるといい」

「わかりました。それから……」

「まだ何か？」

「……脱走者《だっそうしゃ》がでました」

物騒《ぶっそう》な響《ひび》きに眉《まゆ》を顰《ひそ》め、コンラッドは無意識に声を落とした。

「言葉に気をつけろ。戦時下でもないんだから脱走扱《あつか》いはないだろう。離脱者《りだつしゃ》くらいにとどめておけ。それで、誰が」

「閣下の隊のライアンです。我々の制止もきかず、運命の相手に出会った気がするのだとか、わけのわからないことを叫《さけ》び、コンラート閣下には、いつかヒルドヤードの歓楽郷《かんらくきょう》でお会いしましょうと……どのような意味合いで？」

「ああ、いや、いいんだ。了解《りょうかい》した。彼に対して討伐《とうばつ》等の必要はない。しづらい報告をさせたな、ボイド。先頭の二人に付いてくれ、警戒《けいかい》の指示を任せるよ」

ライアンは無類の動物好きだ。きっとあの瀕死《ひんし》の砂熊を介抱《かいほう》して、芸でも仕込むつもりだろう。史上初の砂熊使いの誕生というわけ。

兵士が前方に着くのを見届けてから、コンラッドは隣に声をかけた。三男はむっとした顔で俯《うつむ》いている。あるいは、怒《おこ》ったふりをして拗《す》ねている。

「そんなに落ち込まれても」

「なじぇぼくが落ち込まなくてはならないんじゃり⁉」

「……まず口の中の砂を吐《は》き出せよ」

「うるさい！　お前になんかわからないじゃり！　今頃《いまごろ》ユーリは兄上と……兄上と……っ」

「陛下とグウェンが？」

嫉妬《しっと》とは実に恐《おそ》ろしい感情だ。名作のテーマに選ばれるだけのことはある。

「どうだろうヴォルフ、婚約者《こんやくしゃ》だと公言しているんだから、もう少し信じてさしあげては」

「だがグウェンダルはあのとおりの可愛《かわい》い物好きで、ユーリは自覚のない尻軽《しりがる》だッ」

「し……」

どこから先が浮気《うわき》なのという現代的な疑問を、咳払《せきばら》いでごまかした。

「ぼくは自力で脱出できたのに、お前が戻《もど》ってきたりするからこういうことになるんだ！　つまり、兄上とユーリが、二人きりで旅を……。ぼくの剣《けん》の腕がそんなに信用ならないというのか⁉」

「まさか」

人生経験約百年のコンラッドは、いつもどおりの爽《さわ》やかな笑《え》みを取り戻した。

「お前が一流の剣士なのは知ってるけど、俺自身が初めてあいつに遭遇《そうぐう》したときのことを思い出したんだ。弱点を知らなくて手酷《てひど》い目にあった。だからそれを教えようと。けど、もし俺があのまま引き返さなかったとしたら、もっと複雑な気分になるんじゃないのか？」

じゃりじゃりいう砂を吐き出して、ヴォルフラムは眉間《みけん》にしわを寄せた。美少年のパーツが微妙《びみょう》に崩《くず》れる。

「ユーリとグウェンと俺の、三人旅」

「……なんかいっそう不安な気がする」

三という数字のせいだろうか。

「だからぁ、グーは石でチョキはハサミでパーは紙なの。石は紙に負けて紙はハサミに切られて負けてハサミは石で刃《は》こぼれしちゃうから負けなの！　おっけー？」

「カニのハサミで紙は切れないでしょ」

「石をくるめば紙が破れるだろう」

「あーっ、だーかーらーもうーッ！」

生まれて初めての結婚式《けっこんしき》スピーチでうら若き花嫁《はなよめ》の心を奪《うば》ってしまい、連れて逃《に》げてと矢切《やぎり》の渡《わたし》よろしく頼《たの》まれた。ところが周囲はそれをウエディングドタキャンとは見てくれず、あろうことか花嫁強奪《ごうだつ》大作戦ととんでもない誤解をされてしまった。

駆《か》け落ち者とされて手錠《てじょう》をかけられたおれたちは、今やすっかり誘拐《ゆうかい》犯扱いだ。罪人としての格は上がったようだが、決して誉《ほ》められたものではない。

「てゆーか、全然悪いことしてねーし」

木を隠《かく》すには森、人を隠すには人混みだというセオリーどおり、おれたちは市場の中央を突《つ》っ切っている。グウェンダルとおれの間の手荷物のおかげで、買い物客に見えなくもない。

怪《あや》しい紫色《むらさきいろ》の果物を売っているおばさんと、手長アカガエルを持ち上げている子供に声を掛《か》けられた。どちらもバイアグラ系の効果があるらしい。そういうものは彼女ができてから勧《すす》めてくれ。

このまま延々と歩き続けたところで、いつかは追っ手と出くわしてしまうだろう。その前にどこかに落ち着いて、今後の対策を練らなくては。映画なんかじゃ犯罪者が教会に逃げ込むと、親切な神父が机の下に隠してくれたりする。だがこの国の神様には二回もひどい目に遭《あ》わされているし、ご神体からして手頃《てごろ》なサイズの藁人形《わらにんぎょう》だ。ジャンケンで負けたやつが逃げ込む場所を決めることにしようと思ったのだが、グーチョキパーの概念《がいねん》から説明させられる始末だ。

「もういいよグウェン、どの店がいい？　あんたが決めろよ」

「いや、お前が決めろ」

「なんだよ今さらぁ、そっちが決めろって。酒場、食堂……字が読めないからよく判んないけど、怪しげな占《うらな》いグッズの店。さあどれがいい？」

「後で文句を言われてはかなわん、お前が」

「なんか、あつあつですねっ」

「熱々じゃねえッ！」

二人して花嫁さんを怒鳴《どな》りつけてしまった。優柔不断《ゆうじゅうふだん》カップルの店選びみたいだったか？

キュウリ屋（ありとあらゆるキュウリが勢揃《せいぞろ》い）の裏手で、一昔前のヤンキー状態でしゃがみ込んでいたおれたちに、小柄《こがら》で坊主頭《ぼうずあたま》の男が近寄ってきた。軍艦《ぐんかん》巻きを載《の》せていないから、兵士でも追っ手でもなさそうだ。築地《つきじ》市場の競《せ》りが似合う濁声《だみごえ》で訊《き》く。

「モレモレ？」

トイレを我慢《がまん》してはいなかったので、いえ別にと答えようとしたのだが。

「ああ、モレモレだ」

「えっグウェン、小便したかっ……」

「あたしもモレモレ」

ええっ、お嫁さんまで⁉　結婚式での緊張《きんちょう》のあまりなのか。大真面目《まじめ》な顔で即答《そくとう》されてしまい、おれは慌《あわ》てて周囲を探す。

「そりゃ悪かったよ、一言教えてくれてればもっと早くトイレ休憩《きゅうけい》とったのにさ。えーとコンビニ、コンビニないかな」

デパ地下専門店街風のバザールに、コンビニエンスストアがあるわけない。

人差し指で来いと合図する男に従って、グウェンダルが大股《おおまた》で歩き出したために、おれは引きずられる形になった。布の間からちらりと覗《のぞ》いた手鎖《てぐさり》を見てしまい、女の子は一瞬《いっしゅん》息を呑《の》んだが、すぐに小走りでついてくる。

男は足が悪いのか、坊主頭を上下させてひょこひょこと進んだ。家々が建て込んだ狭《せま》い路地裏を、迷宮みたいに何度も曲がる。手洗いを借りるのも一苦労だ、切羽《せっぱ》詰《つ》まってたら大変だよ。同じような玄関《げんかん》をいくつも通り過ぎてから、坊主頭は薄茶色《うすちゃいろ》の扉《とびら》を叩《たた》いた。細く開いた隙間《すきま》から、六歳かそこらの子供が顔を覗かせる。

「お客だよ」

男の子はおれたちを招き入れてから、素早《すばや》く戸を閉めて鍵《かぎ》を掛けた。閉じこめられた⁉　と焦《あせ》る間もなく窓に日除《ひよ》けが下ろされ、土壁剝《つちかべむ》き出しの部屋の中央に椅子《いす》が運ばれる。古いけれど頑丈《がんじょう》そうなテーブルには、中身のない花瓶《かびん》が置かれている。それであのー、洗面所はどっちですか。

「儂《わし》はシャス、こっちは孫のジルタだ。それであんたたちは、どういう三人組だい？」

若い祖父、シャスの仏頂面《ぶっちょうづら》に対して、ジルタは非常に可愛らしく、ライトブラウンの巻毛も青い目も、どこをとってもまるっきり似ていなかった。この国には隔世《かくせい》遺伝がないのだろうか。

「見たところ一人は確実に魔族《まぞく》のようだいね……駆け落ち者と花嫁がどうして一緒《いっしょ》にいる？」

「やっぱり駆け落ちさんだったのね」

「違《ちが》ーう！」

会って十数分のこの男に何をどこまで説明していいのやらと、おれは困惑《こんわく》して言葉に詰《つ》まった。こうなったらまた「め組の居候《いそうろう》」でいくか、それとも今回は「天下御免《ごめん》の向こう傷」でいってみるか。いずれにせよ同行者が話を合わせてくれないことには、時代劇なりきりキャラへも逃げられない。ああこんなとき相棒がコンラッドだったら！　やっぱりおれの選択《せんたく》は間違っていた気がする。

間違えられちゃった旅の道連れが口を開く。冷静さを取り戻した重低音だ。

「そちらこそ、孫息子《むすこ》にはどう見ても魔族の血が流れているようだが」

「そうだ。内戦中に巡回《じゅんかい》してきた魔族の男に、うちの一人娘《ひとりむすめ》が熱を上げて、その男も誠実でいい奴《やつ》だったから、一緒にしてやろうとも思ったんだが……」

シャスは小さく鼻をすすった。

「……相手の男は巡回先で事故に遭い、娘は寄場《よせば》送りにされちまった。あっちで産み落とされたこの子を運んでくれたのも、やっぱり魔族の男だったんだいね。だからそれ以来、儂等は内緒《ないしょ》であんたらを助けることにした。大したことはできねえが、生まれたばっかの孫を運んでくれた恩返しのつもりでね」

「なるほど、それでモレモレというわけか」

「ああっそうだよ！　あんたたちトイレ借りるんじゃなかったっけ!?　あんまり我慢すると身体《からだ》に毒だぜ!?」

絶対零《れい》度の冷たい視線。生きた心地《ここち》がしなくなる。

「あれは俗語《ぞくご》で『兄弟』という意味だ。モレが兄でモレが弟」

兄と弟と言われても、どこからどう聞いてもおんなしじゃん。きっと日本人の耳では判別しがたい、LとRの発音の違《ちが》いがあるのだろう。意味的にはブラザーとかアミーゴということだろうか。いや、アミーゴは直球勝負で親友だったたっけ。教えといてよ、そういう用語は。

「その男はそれから何度か様子を見にきて、もしジルタの成長が遅《おそ》いようなら父親の国へ連れて行けとも言っていた。魔族の血が濃《こ》く現れると寿命《じゅみょう》が長くて、その分育つのは遅いから、人間の子供の中では差別のきっかけになるかもしれんと。厳《いか》めしい言葉遣《ことばづか》いのくせに実にマメな男で、あんたにちょっと似ていたよ」

「この人に似ていたの!?」

シャスとグウェンダルを交互《こうご》に見て、お嫁さんが驚《おどろ》いた声で言う。確かに長男の容貌《ようぼう》とマメな性格は結びつかない。とはいえ足下にドーベルマンでも侍《はべ》らせていそうな彼は、実は滅多《めった》にないほどの小動物好きだ。人も魔族も見かけによらないのだと、身をもって学習したばかり。

その、小さくて可愛《かわい》い物好きの奴の鎖《くさり》を、世界史の苦手なおれは引っ張った。

「この国の内戦にどうして魔族が関与《かんよ》してるんだよ」

「遺体は腐《くさ》るからだ」

「はあ？」

超《ちょー》不親切。

「あのね、遠くの国境で命を落とした兵士の遺品なんかを、魔族の巡回使が届けてくれていたの。子供の頃《ころ》は、あの人達は死人の持ち物を剝《は》ぎ取る鬼《おに》だなんて教えられてたけど、ほんとはそんなことなかったのね。今は魔族の皆《みな》さんがとってもいい人だってちゃんと知ってる」

代わりに説明してくれた彼女は、言い終わってから笑顔《えがお》になった。裏表のなさそうな笑みだった。

改めてじっくりと観察すると、少女は……まだそれくらいの年齢《ねんれい》に見える……全《すべ》てにおいて小柄で細かった。よく日に焼けた肌《はだ》と赤茶の短い髪《かみ》、同じ色の瞳《ひとみ》はくるくると動き、感情と表情に溢《あふ》れていた。ツェリ様を始めとする眞魔《しんま》国の女性達と比べると、鼻も低いし耳も大きめ。

庶民《しよみん》的で色気の欠片《かけら》もない。

「あ、ありがと、お嫁さん」

「いいえ、あたしはニコラ。もうお嫁さんじゃなくなっちゃったもの」

そう言ってまたにこっとした。とにかく笑うまでのコンマ数秒が短い娘で、野球部のアイドルマネージャーというよりも、ソフトボール部のショートストップという印象だった。真夏の日射《ひざ》しとサンバイザーが、きっと似合う。

「よよよろしくニコラ、おれゆゆゆユーリ」

「こちらこそよろしくね、ユユユユーリ」

恋《こい》に落ちそうだった。

いや、そういう名前じゃなくて。ニコラはグウェンダルにも笑顔を向け、小鳥みたいに首を傾《かし》げてこう訊いた。

「それで、あなたの愛する人のお名前はなんていうの？」

「愛してないって！」

「だって、周囲の反対を押し切って駆《か》け落ちするくらいなんだから……」

「いやだからそうじゃないんだよ元々おれは、この人の弟の婚約者《こんやくしゃ》でっ」

ますます誤解を招きそうなことを、自分で暴露《ばくろ》しちゃってどうするんだ⁉ 顔が急に熱くなって、こめかみの血管が膨《ふく》らんだ。どう言えば信じてもらえるだろう、非常に杜撰《ずさん》な指名手配書による、そりゃないよというレベルの勘違《かんちが》いだということを。

「国境近くでこの男女と間違われてな」

グウェンダルが懐《ふところ》から黄ばんだ紙を出した。

「嘘《うそ》だろ……そのポスター、剝がしてきちゃったの？」

例の素晴《すば》らしい人相書きだった。幼稚園児《ようちえんじ》の大傑作《けっさく》、初めて使ったお絵かきソフト。

ニコラのコンマ数秒速にっこりが、光の速さでびっくりになる。

「それ、あたしだわ！」

「そう、このチャーリー・ブラウンみたいなつぶらな瞳がきみそっくり……って何だって⁉」

思わず会心のノリツッコミ。

「なんだって？　これがきみ⁉　きみがこれ⁉　じゃあ男の方は」

「それ、ひと月前のヒューブとあたしです」

それもどこかで耳にした名前だ。魔王の元第一後継者《こうけいしゃ》が、ゆっくりと両腕《りょううで》を胸の前で組んだ。

金属の摩擦《まさつ》音と共に、おれの左手が宙吊《ちゅうづ》りになる。

「ヒューブというのは、ゲーゲンヒューバーのことか」

「そう。髪や目の色は微妙《びみょう》に違うけれど、ぱっと見たときの雰囲気《ふんいき》があなたにそっくり。でも本当はとても優《やさ》しい人。ああ、ヒューブ」

うつむいた拍子《ひょうし》に、膝《ひざ》に水滴《すいてき》がぽたたっと落ちた。頰《ほお》も顎《あご》も伝わずに、涙は一気に零《こぼ》れて消えた。

「ヒューブに逢《あ》いたい」

「あのねこんなとこで突然《とつぜん》、泣かれてもさっ。それにゲーゲンヒューバーと駆け落ちしたきみが、どうして兵隊さんと結婚することになったの」

小五の帰りの学活で、渋谷君はひどいと思いますと糾弾《きゅうだん》され、何故《なぜ》か攻撃《こうげき》側の女子が集団で泣き出した。それ以来久々の女の子の涙だ。慰《なぐさ》めようと手を伸《の》ばすが、鎖で繋《つな》がれていて届かない。

「……痴《し》れ者が」

その時、フォンヴォルテール卿《きょう》が地の底から響《ひび》くような声で呟《つぶや》いた。

「殺してやる」

誰《だれ》を、と確かめるだけの勇気はなかった。

ここって寒い国だったっけ？　鳥肌《とりはだ》を立てながら、おれも泣きたくなってしまった。

6

水の補給と馬のために、間違いなくあの街に寄ったはずだ。

少し前から荒《すさ》び始めた砂嵐《すなあらし》の向こうに、建造物の影《かげ》を見つけて、一行は胸を撫《な》で下ろした。運がよければあそこで合流できるかもしれない。誰もが一刻も早く自分達の陛下と上官の無事な姿を見たいと願っていた。うち数人は別の意味でも無事ですようにと祈《いの》っていた。

コンラッドは全員を風の防げる岩陰《いわかげ》に留め、まず自分が様子を窺《うかが》ってくると馬を降りた。

「閣下が斥候《せっこう》などなさらなくとも……」

「いいんだ。俺が一番、打ち解けやすいからね。こういうときこそ庶民的な外見を役に立てないと。それに」

ボイドが申し訳なさそうな顔をした。

「知ってのとおり、俺は人間と仲がいい。身体の半分が同じだからな」

「コンラート！」

やっと喋《しゃべ》り方が元に戻《もど》ったわがままプーが、勘に障《さわ》るアルトで喚《わめ》き立てた。暑い国の警察官という出《い》で立ちだが、彼が着ると勇ましい少年探検隊みたいに見える。夕刻を迎《むか》えようという時刻だからいいが、昼の日光に肌を曝《さら》すのは自殺行為《こうい》だ。

「ユーリと兄上がいたら、すぐにぼくも呼べ」

「了解《りょうかい》」

「それと」

ヴォルフラムは両腕を腰《こし》に当て、反《そ》っくり返って息を吐《は》いた。

「もしお前が魔笛《まてき》探しに同行したくないのなら、ここから引き返しても構わないぞ」

「また、どうして」

「だってお前は、あいつと顔を合わせたくないだろう。魔笛のある場所には恐《おそ》らくゲーゲンヒューバーがいる」

相変わらずお前呼ばわりだが、少しは気を遣《つか》ってくれているらしい。数ヵ月前と比べたら格段の進歩だ。

「お前がいなければユーリもぼくに頼《たよ》るだろうしな！」

「……はいはい」

彼は左腕で目を庇《かば》い、右手は剣《けん》の柄《つか》に掛《か》けたまま進んだ。

鰻《うなぎ》の寝床《ねどこ》状の街はほとんどが店仕舞《みせじま》いなのに、入り口には警備隊が勢揃《せいぞろ》いしていた。非常に珍妙《ちんみょう》な髪型《かみがた》をしている。ロンドンにいた身体《からだ》に穴を開けるのが大好きな連中と、外装の趣味《しゅみ》が合いそうだ。最初の一言をどれでいくか。

「スヴェレラの男達の勇ましさを、少しは分けてもらいたいよ」

パンクロック頭たちがにやりとした。よし、摑《つか》みは良好というところか。

「連れはどいつもひ弱でね、砂嵐に難儀《なんぎ》してるんだ。この街に宿屋はあるかな」

「水と女は足りてねえが、酒と寝《ね》るとこだけはシこたまあるぜ」

「そりゃ助かった。なにしろ野宿なんてさせようものなら、明日の朝には俺一人になりかねないからな」

「そんな腑抜《ふぬ》けばかりなのか」

リーダー格のロンドン頭は、歯の隙間《すきま》から息が抜《ぬ》ける。後ろの連中は黙《だま》って薄《うす》ら笑《わら》いを浮《う》かべるばかりだ。バックコーラスの役目も果たさない。

「それから、かなり身長差のある二人組が、この街に宿をとってはいないだろうか」

「ああ！　あんたあイつらの知リ合イかイ⁉」

手下の一人が渡《わた》した紙を、興奮気味に指で叩《たた》く。

「こイつらだろ、通ったさ、そんでオレらがとっつかまえてくれようとシたら、手に手を取リ合って逃《に》げチまイやがった！」

手配書には似顔が付いていたが、一筆描《が》きに毛が生えたような稚拙《ちせつ》さだ。

「……いや、その絵とはかなり違う感じ……」

「奴等《やつら》を追ってるってこたぁ、アレだな？　お前さん、女房《にょうぼう》だか恋人《こいびと》だかを、寝取られたってこったな?」

「寝取られ……」

「まあ無理もねえ、お前さんもかなりの男前だが、相手の男が悪すギらぁな。妙に迫力《はくりょく》のある魔族だったからな。それにシても解《げ》せねえのは、あんなガキか坊主《ぼうず》ミてーな女が、どうシて次々と男を手玉にとれるのかっつーことだ。乳なんか、なあ?」

背後で赤ら顔の男が頷《うなず》いた。

「板みてーだった」

それは筋トレの成果だろう。

「女とは思えねえような力だった」

それも筋トレの成果だろう。

「しかも、えらい下品なことも叫《さけ》んでた」

うーん、それは、持って生まれた才能かもしれない。

「なあ? チっとばっか顔が可愛《かわい》いからって、娘《むすめ》っつーよりゃ男のガキだろ⁉ あイつのどこに惚《ほ》れチまうのか教えてほシイもんだわ」

どうも話が変だ。探しているのは身長差のある二人組だが、男女のラブラブカップルではない。どちらかが女性と間違《まちが》われているのだろうか……グウェンダルだったら恐ろしい。

「けどそう遠くまでは逃げられねーはずだ。手鎖《てぐさり》でがっチリ固めてやったからな。お前さんニや悪ィが、先ニ見つけるのはオレたチの仲間だぜ。なんせ駆《か》け落ちもんを捕《と》らえりゃ実入リもでかい。国からたっぷリ報奨金《ほうしょうきん》が……」

何だって？

二つの単語がずっしりと、コンラッドの肩《かた》にのし掛かってきた。

駆け落ち者、手鎖。ヴォルフラムにどう説明したものか。


待っても待っても水が出てこないので、喉《のど》の渇《かわ》きに耐《た》えかねたおれは、勝手知らない他人の家ながら、台所を探そうと腰を浮かせた。自宅に招き入れてくれたのだから、麦茶かアイスティーとはいわないまでも、お冷やくらい出してくれてもよさそうなもんだ。椅子《いす》の後ろに回り込むと、ジルタと呼ばれた男の子が慌《あわ》てて寄ってくる。手には巨大《きょだい》な団扇《うちわ》を持って、困ったような涙目だ。

「扇《あお》いでくれなくてもいいんだけどさ、おにーさんちょっと水飲みたいわけよ。台所に連れってくれると助かるんだけど」

「おい」

グウェンダルがジルタを手招いて、多めの紙幣《しへい》を握《にぎ》らせる。

「これで酒と、酒ではない飲み物と、夕餉《ゆうげ》に必要な物を買ってこい。余ったらお前の欲しい物を買ってかまわん。落としたり盗《ぬす》まれたりせずにきちんと行けるか？」

「できる。もう十歳だから」

そんな年齢《ねんれい》にはとても見えない。せいぜい六歳ぐらいだろう。やっぱり長命な血のせいで、人間よりも成長がゆっくりなのか。子供は魔族の大将に、臆《おく》することもなく頷いた。長男の口調が妙に優《やさ》しかったのは、小さくて可愛い物好きの男心を青い目の小リスちゃんがくすぐったのだろう。驚《おどろ》いたのはおれと坊主《ぼうず》頭の男、シャスだ。

「あのさおれそんな気を遣ってもらわなくても、ミネラルウォーターじゃなくても大丈夫《だいじょうぶ》だし。家でも水道水とかガンガン飲んでるし」

「儂等《わし》はあんたたちを客として迎えたんだ、施《ほどこ》しを受けるわけにはいかん！」

「それはこちらも同じだ。我々もお前等の施しは受けたくない」

「だからー、真ん中とって水道水、水道がないなら井戸水《いどみず》でいいって」

「……スヴェレラにはもう水がないのよ……」

ニコラが沈《しず》んだ声で言った。ヒューブのために流した涙《なみだ》も、すぐに乾《かわ》いて白い筋だけになってしまった。

「もう二年近くまとまった雨が降らない。地下水も底を尽《つ》きかけている。お金を出して余所《よそ》の国のお酒や果物を買うしかないの。僅《わず》かな飲み水の配給はあるけれど、それだって生きていくのがやっとの量なの」

「え、でも隣《となり》のダムのある県から分けてもらえねぇの？　隣の、えーと国から」

「やっと独立したのよ、周りはみんな敵だわ！」

後頭部をガンとやられた気がした。

ウエディングドレスを着たままで、お日様みたいな笑顔《えがお》を持ってる女の子から、恐怖《きょうふ》と憎《にく》しみの入り混じった敵なんて言葉を聞くとは思わなかった。

ジルタが小走りに家を出てゆく。

「雨さえ降ればお金のない家の子供も水が飲める。作物も育つし家畜《かちく》も乳を出すわ。雨さえ降れば、きっと何もかもよくなる。ヒューブはそのための道具を探してたのよ。あたしたちのために使うとも言ってくれた」

「ゲーゲンヒューバーは、人間のためにその道具を使うと言ったのか？」

ジルタに対する語調とは打って変わった険悪な響《ひび》き。

「言ったわ」

「……やはり殺してやる」

「どうして？　どうしてヒューブにそんなに腹を立ててるの!?　魔族が本当は親切だってことを教えてくれたのも彼よ、好きになるのに魔族も人間も関係ないって、解《わか》らせてくれたのもゲーゲンヒューバーよ。あの人を救うためにあたしは、あんな、あんな好きでもない兵士と結婚《けっこん》までしようと……ヒューブを解放してくれるっていうから」

二死満塁《まんるい》での突然《とつぜん》の代打と、女の子の涙にはとても弱い。泣かせた本人は動揺《どうよう》もせずに、腕《うで》組《ぐ》みしたまま睨《にら》んでいる。

「大丈夫、大丈夫だって。おれがきみの彼氏を殺させたりしないから。そうは見えないかもしれないけど、おれのほうがほんのちょっと偉《えら》いんだし。この人こんなこと言ってるけど、実は小さくて可愛い物が大好きだったりするんだからさ」

「本当に？」

「そうらしいよ」

「余計なことを言うな！」

「じゃあ、あたしの赤ちゃんも取り上げたりしない？」

「しないしない。赤《あか》ん坊《ぼう》は母親の元で育つのが一番だし……へ？」

肩に置いていた右手を引っ込める。

「赤ちゃんってニコラ、きみの家族計画的には、いつ頃《ごろ》お子さんを持つつもりでいたの？」

「すぐにでも。もうお腹《なか》の中に」

またしてもコンマ数秒速のにっこり。

どーいうこと⁉　こんな可愛い顔した純真そうな娘さんが、できちゃった結婚ってどーいうこと⁉　世が世ならいわゆるヤンママってやつ？　いやそれは昔すぎるからギャルママってこと？　それももう死語。

「あの、誤解しないでくださいね。もちろんヒューブの子供ですから」

うわあああ、しかも妊娠《にんしん》してるのを隠《かく》して、他の男と結婚しようとしてたってどーいうこと!?　世の中の男女関係どーなってるの!?　そういわれてみれば広末涼子《ひろすえりょうこ》に似ていないこともない。おれは心の中だけで叫んでいたのだが、思わず椅子を倒《たお》してしまった人もいた。

「あっ……あの野……」

グウェンダルの顔色が変わっている。青を通り越《こ》して赤黒くなり、こめかみには怒《いか》りマークが浮《う》かびそうだ。

「わー、落ち着けグウェン、落ち着けって！」

「うるさい！　取り乱してなどいるものか！　その娘がグリーセラの縁者《えんじゃ》を増やそうがゲーゲンヒューバーがどこで野垂れ死のうが私の知ったことではない！」

フォンヴォルテール卿《きょう》に縋《すが》り付くおれ。熱海《あたみ》で見た金色夜叉《やしゃ》の銅像みたい。ニコラは呆気《あっけ》にとられた表情で、口を半開きにしたまま見上げている。唇《くちびる》に当てた人差し指が、ほんの微《かす》かにだが震《ふる》えていた。

「そんなビビらしちゃ絶対まずいってっ！　子供だよ!?　子供。逃《に》げたり走ったりしていいのかな、安定期っていつぐらい？　おれ経験ないから判《わか》んねーんだけどっ」

「私にもそんな経験はないッ」

そりゃそうだ。どう考えても男には無理だ。シュワちゃんは映画で産んでたけど。

「でっでも出産経験はなくっても、グウェン男前だから愛人や隠し子の一人二人いたっておかしくないだろ。それに弟二人もいるんだから、母親のお産を手伝ったとかありそうじゃん」

想像図。お客様の中にお医者様はいらっしゃいませんかー？　叫《さけ》ぶエアアテンダント、すっと手を挙げる中年の紳士《しんし》。誰《だれ》かお湯わかして、男はみんな外に出てーっ！　ってそれじゃ立ち会えないよ。おれかなり混乱してる？　グウェンダルも似たようなことを考えていたようだ。

「ない」

「っんだよ、兄貴らしいことしてねーなぁ」

うちの勝利《しょうり》もしていない。お袋《ふくろ》がおれを産んだときは、兄貴は実家に預けられていた。

「そんな大騒《おおさわ》ぎせんでも大丈夫だぃね」

さすが年の功、さすが祖父、さすが坊主頭、さすがモレモレ。

倒れた椅子の背を持って起こしながら、シャスはニコラに微笑《ほほえ》みかけた。魔族《まぞく》の子供を身籠《みご》もったという、同じ境遇《きょうぐう》の自分の娘《むすめ》をだぶらせているのか、仏頂面《ぶっちょうづら》も温かだ。

「お嬢《じょう》さん、どうしてそんな複雑な立場になったんだね？」

ニコラはシャスに視線を戻《もど》した。グウェンダルはやっとのことで腰《こし》を下ろすが、膝《ひざ》に載《の》せられた両手の指は、コントローラーを操作するみたいに動いていた。苛《いら》ついてるときの、お決まりの動作だ。

「内戦で両親を亡《な》くしてから、あたしはゾラシア近くの施設《しせつ》で育ったの。十六になったら教会が決めた家に嫁《とつ》いで、平凡《へいぼん》な人生を送るはずだった。村には法石の出る遺跡《いせき》があって、女達は皆《みな》そこで働いていた。あれは女の手でしか掘《ほ》れないから」

おれは手錠《てじょう》の相方に、なんで？　と小声で訊《たず》ねたが、答えは返ってこなかった。

「半年くらい前のひどい砂風の日に、ヒューブが村にやって来たの。みんなは魔族を怖《こわ》がったけど、あたしは平気だった。だって以前に父の形見の襟章《えりしょう》を届けてくれたのも、魔族の巡回使《じゅんかいし》だったから。あたしたちはすぐに心を許し合った」

隣から長男の歯軋《はぎし》りが聞こえる。か、ら、だ、も、だ、ろ、う、がっ、と実年齢相応《じつねんれいそうおう》の、オヤジ的ツッコミで呻《うめ》いている。

「可哀想《かわいそう》にヒューブは、過去に大きな傷を抱《かか》えていて、恋《こい》に臆病《おくびょう》になっていたけれど、あたしたちはそれも二人で乗り越えた」

「……言ったか？」

「え？」

「ゲーゲンヒューバーは、奴《やつ》が過去に何をしたかお前に語ったか」

ニコラは眉《まゆ》を顰《ひそ》め、小さく首を横に振《ふ》った。

「いいえ」

「くっ……」

「うわあグウェン血圧上がるから落ち着け！　そーだ、ふわふわモコモコした動物を撫《な》でると心が和《なご》んで安定するっていうから……ひいいいいい」

宥《なだ》めようとしたおれの頭を鷲摑《わしづか》み。おれは犬じゃない、犬じゃないってば。

「ある日彼が言ったの。自分は貴重な宝物を探す旅の途中《とちゅう》で、もうすでに一部分は発見して、絶対に見つからない場所に隠したんだって。残りの半分が村のどこかにあるらしいんだって。正当な持ち主が演奏すれば、雨を降らせる素晴《すば》らしい笛だそうよ。だからあたし、教会からこっそり鍵《かぎ》を持ち出して、二人で遺跡に入ったのよ。そして伝説の秘宝だというあれを見つけたのよ」

「なんかきみ、利用されてるような気がすんだけど」

恋に燃える乙女《おとめ》は聞いちゃいなかった。

それはさておき、あれって何？　もしかしてゲーゲンヒューバーが追っていたという、例の魔笛《まてき》!?

「焦《こ》げ茶《ちゃ》の筒《つつ》」

「筒ぅ？」

「でも恐《おそ》らくそのせいだと思うんだけど……それっきり遺跡からは法石が出なくなってしまったの。全然よ、ほんとに全く、掘っても出なくなってしまったの。あたしたちが筒を取り出したせいだとは、まだ村の人に知られてはいなかったけれど、もう逃げるしかないって……このまま村にいたらきっと……きっと……だから……」

「住み慣れた土地を二人で離《はな》れたんだいね。嫁ぐ家も決まって、一生を過ごすはずだった場所を、その男と二人で捨てたんだな」

シャスの低く穏《おだ》やかな声に、ニコラの大きくてよく動く目から、長い睫毛《まつげ》を伝って涙《なみだ》が落ちた。すぐに泣いてすぐに笑って、さながら山のお天気だ。こんなに意地を張らない娘は、クラスの女子には一人もいない。

「この国では異種族との婚姻《こんいん》や、決められた相手以外との情事は罪だから、あたしたちは駆《か》け落ち者扱《あつか》いをされて、国中に手配書まで回されて……ヒューブは自分達の土地に行けば、女王陛下は魔族と人間の恋愛《れんあい》や結婚にも寛容《かんよう》だから、晴れて一緒《いっしょ》になれるって言ってくれた。あたしたちはどうにかして魔族の土地まで行くつもりだったわ。ヒューブの生まれた国だから、きっと楽園のような場所なんだって夢見てた」

どうだろう。

胸を圧迫《あっぱく》されるような、息苦しさに襲《おそ》われた。

眞魔《しんま》国は楽園なのだろうか。まだその評価には達してないとしても、おれはそうなれるように努力しているだろうか。精一杯《せいいっぱい》つくせているだろうか。

だってニコラ、きみが夢見て旅していたのは、おれがひーひー言いながら王様やってる国なんだよ。きみとヒューブは知らないかもしれないけど、王位はおれへと譲《ゆず》られてるんだよ。

不意に、背中を叩《たた》いてほしくなった。大丈夫《だいじょうぶ》だと誰かに言ってほしかった。コンラッドとギュンターの根拠《こんきょ》のない誉《ほ》め言葉が、心の底から聞きたくなった。

「でも」

高く細い彼女の声に我に返る。

「でも首都を迂回《うかい》しようとして通った街で……そこでも井戸《いど》が涸《か》れていて、子供達までが喉《のど》の渇《かわ》きに耐《た》えてる姿を見たら、あたしもうたまらなくなっちゃって。宿で、ヒューブが居ない間に、あの雨を降らせる筒を取り出して使おうとしたの。雨さえ降れば子供も走り回って遊べるんだって思って。磨《みが》いたり覗《のぞ》いたり叩いてみたり、最後には口を付けて吹《ふ》いてみたりもした。でも駄目《だめ》だった、雨は降らなかったわ。それどころか街の長老に見咎《とが》められてしまって……。あれは魔王の使う魔笛だって、それを持ってたあたしは魔王に違《ちが》いないなんて、そんな、とんでもない言い掛《が》かりを」

「宿屋から逃げたんだね⁉」

「ええ。すぐに捕《つか》まってしまったけれど。どうして知ってるの？」

知ってるも何もない。今ので無銭飲食が成立した。

魔王陛下の名を騙《かた》る（名前も言ってなけりゃ身分も言ってない。厳密にいうと宿屋の主人の勘違《かんちが》い）人物の無銭飲食。

「それで、処刑《しょけい》されそうになったんだね⁉」

「えっ？　ええ、でもあたし首都の名士の息子に妙《みょう》に気に入られて、彼と結婚すればヒューブを解放してやらないこともないって、それであの兵士と……」

「そっくりさん！」

　いらっしゃーい。

　いきなり立ち上がって人差し指を突《つ》きつけるおれに、ニコラは度肝《どぎも》を抜《ぬ》かれた様子だった。旅の第一目的である、そっくりさんの身柄《みがら》確保が意外な場所で完了《かんりょう》した。彼女以上にこちらもびっくりだ。しかも影武者《かげむしゃ》として雇《やと》おうとまで考えていた相手が、性別からして不一致《いっち》だったなんて。

「けどどっこも似てねーよなぁ？　なあなあグウェン、おれたち似てるかー？」

　ようやく冷静さを取り戻したフォンヴォルテール卿《きょう》が、二人を睨《ね》め回してから短く答える。

「いや」

「だよな。どっからどう見てもおれは男子でニコラは女子。身長差はそんなにないにしても、肩幅《かたはば》も胸も筋肉も大違いだろ？」

「強《し》いていえば髪型《かみがた》と瞳《ひとみ》の色が」

　遠慮《えんりょ》がちにシャスが指摘《してき》する。けどスヴェレラの連中には、第二十七代魔王シブヤユーリの外見情報は伝達されていないはず。ということは彼女はただ単に、魔王オリジナルのグッズを所持していたから間違われてしまったのだ。幼稚園《ようちえん》年中の星組さん作の似顔絵で、手錠を掛けられちゃったおれたち二人と同レベル。

そもそも首都から国境までの連絡《れんらく》が、滞《とどこお》りなく行っていれば、指名手配用ポスターもとっと剝《は》がされ、賞金狙《ねら》いの不届き者も油断したはずだ。やっぱこれからは情報の時代だよ、十年遅《おく》れで実感してしまう。

「あの……あたしはあなたと間違われたってこと?」

「そう!　で、おれたちはそっちと間違われたってわけ」

ニコラ・ウィズ・ゲーゲンヒューバーと。

誰《だれ》が誰と似ていようがどうでもいい男・グウェンダルが、平常どおりの声を出した。よくぞここまで冷静さを取り戻《もど》したものだ。短気のあまり監督《かんとく》ぶん殴《なぐ》って野球部クビという、自慢《じまん》の経歴を持つおれとは大違い。

「それで、筒とやらはどうした」

「あのな、まず先に従兄弟《いとこ》がどうなったか訊《き》くべきじゃねえ?」

「従兄弟なの!?　この人ヒューブの従兄弟なの!?」

そんなに驚《おどろ》くとお腹の子供にひびくというくらい、グリーセラの新しい嫁《よめ》さんは動揺《どうよう》していた。グリーセラ卿ゲーゲンヒューバーの手袋《てぶくろ》ということは、夫婦別姓《べっせい》か婿養子《むこようし》にでもいかない限り、そういうことになるのだろう。

「どうしよう、ご親戚《しんせき》の方だなんて。あのあのっお初にお目にかかりますっ、ニコラですっ。

ヒューブさんとは真剣《しんけん》にお付き合いさせていただいて……じゃあもしかしてあなた……ユーリも親戚関係なの⁉　従兄弟さんの愛人ということは……」

「愛人じゃねーって！」

「筒とやらとゲーゲンヒューバーはどうしたのだ⁉」

「ヒューブは解放されたはずだけど、半月前からずっと逢《あ》ってません。筒は」

狼狽《うろた》えたり彼氏のことを思い出したりで、またまた泣きそうになりながら、ニコラはドレスの胸に指を突っ込んだ。

「ここにあるわ」

「こっ、これが」

魔笛？　にしては少々お粗末《そまつ》だった。

親指よりいくらか太めの焦げ茶の筒は、前に三つ後ろに一つだけ穴があいている。長さは十センチあるかないかで、どこかで見たような気がしてならない。

「ヒューブもあたしもこの国に雨を降らせようとしたけど、筒は何の奇跡《きせき》も起こしてくれなかった。きっと魔族の秘宝だから、魔族の人にしか恵《めぐ》みを与《あた》えないんだわ」

「そう、なのかな」

だとしたらひどく狭量《きょうりょう》なやつだ。道具に心があるとして。

ニコラが焦げ茶の物体をグウェンダルに渡《わた》す。彼はまじまじと眺《なが》めてから、手鎖《てぐさり》で繋《つな》がったおれの左手に握《にぎ》らせた。石細工にしては重さが足りない。木か塗《ぬ》り物《もの》かポリカーボネート製か。

「……なんだよ」

「お前のものだ」

「なに、どうして？　どうせおれこんなの使いこなせやしないよ。あんたが持ってたほうが安心だってェ」

「お前のために作られたものだ。お前の命令しか聞かない。モルギフのときを思い出せ」

「あれは……」

魔王本人にしか操れないという、伝説の魔剣《まけん》メルギブもといモルギフ。不気味な顔から黄色い液を吐《は》き、情けなく呻《うめ》いては指を嚙《か》んだ。飼い犬に手を嚙まれる以上に衝撃的《しょうげきてき》だった。

今度の宝物も反抗《はんこう》的だったらどうしよう。笛というのがこれまたビミョーなとこだ。

「じゃ、じゃあ試《ため》しに一発、吹いてみよっか。ひょっとしたら嵐《あらし》を呼んじゃうぜ？」

一つ穴にそっと唇《くちびる》を押しつけて、横笛ポジションで息を吹き込む。ピッコロというよりオカリナサイズ。

もももしかしてこれって、間接キス⁉　他人《ひと》の女房《にょうぼう》とはいえあんな可愛《かわい》いニコラと間接キス⁉　顔に血が集中して熱くなる。

すかー。

「……っあれ」

すかー。

「あのぉ、ユーリ、それは本当に笛なの？」

「うぅー」

ピーともプーとも鳴らなかった。左から右へと空気が抜けただけだ。体育教師のホイッスルのほうがずっと笛っぽいし、兄貴の屁《へ》のほうがまだましだ。予想以上に恥《は》ずかしい。この場にヴォルフラムが居なくてよかった。こんなへなちょこ演奏を聞かれたら、どんな暴言を吐かれるか判《わか》ったもんじゃない。

だが、一度や二度の失敗で諦《あきら》めてはいけない。ここぞという時の犠打《ぎだ》だって、スリーバントまでは規定内だ。いざとなったらバスターに切り替《か》えてもいい。

「構え方が悪いのかもしれん。縦に銜《くわ》えてみろ」

「縦にィ？　こんらかんじ？」

おでんの竹輪《ちくわ》かよ。

これでも音が出なかったら、おれはギュンターに騙《だま》されたことになる。或《あ》いはおれ自身に欠《けっ》陥《かん》があって、正しいユーザーと認められていないのか。

「ひひか？　ふくりょ」

「ああ」

肺いっぱいに息を吸い込んで、竹輪の中央に吐き出した。管楽器は腹式呼吸が基本だってのを、その瞬間《しゅんかん》は忘れていた。

す……。

ぎゃああああああああ！

「うわなにそれッ」

吹《ふ》くと悲鳴をあげる笛⁉

いやすぎる。

7

あの程度のことで音を上げるとは、フォンクライスト卿《きょう》の力もたかが知れている。これだから最近の男達は（魔力が）弱くなったと言われてしまうのだ。

本日も、とっ捕《つか》まえてきたギュンターを見下ろして、眞魔《しんま》国随一《ずいいち》のマッドマジカリスト、フォンカーベルニコフ卿アニシナは水色の瞳《ひとみ》を光らせた。もにたあは床《ゆか》の一点をじっと見詰《みつ》め、小さく何事かを呟《つぶや》いている。

「……今頃《いまごろ》きっと陛下は首尾《しゅび》よくゲーゲンヒューバーと落ち合われて、魔笛《まてき》で素晴《すば》らしい演奏をなさっていることでしょう。ああ私の陛下……音色は清く気高く美しく、心豊かに」

小学校の校歌みたいになってきた。

「そして笛は雨を、いや嵐を呼び、陛下の漆黒《しっこく》の御髪《おぐし》を濡《ぬ》らして、いっそう黒く美しく艶《つや》めかせるのでしょうねぇ……はあ……」

「魔笛が雨を呼ぶとおっしゃいました？」

背筋も凍《こお》る、魔女ボイス。

「それにゲーゲンヒューバーの名も出ていたようですが、わたくしあの男は好きません。魔族と人間の恋愛《れんあい》は御法度《ごはっと》だなどと、前時代的な考えを振《ふ》り翳《かざ》して！」

怒《いか》りの感情に左右されずトーンを抑《おさ》えた口調だからこそ、地の底から響《ひび》いてくるような恐怖《きょうふ》がある。ギュンターは振り向けなくなってしまった。

「あの男のせいで、スザナ・ジュリアがどれだけ心を痛めたか」

今は亡《な》き友人の名を語るときだけ、懐《なつ》かしさで言葉が僅《わず》かに震《ふる》えた。

「ゲーゲンヒューバーを魔笛探索の任に就《つ》けたのは、グウェンダルの数少ない英断でした。係累《けいるい》だからそう重い責めを負わせるわけにもいきませんからね。けれど……」

「アニシナ？」

「まさか本当に見付かろうとは」

赤い悪魔は巨大《きょだい》な甲羅《こうら》を運ばせて、頂点に上等な翡翠《ひすい》細工の皿を載《の》せる。尻《しり》込みするギュンターを摑《つか》んで引き寄せ、彼の掌《てのひら》に皿を置いた。

「さ、フォンクライスト卿。雨の降る光景を想像するのです」

「いいえその、その前に、この魔動力装置はどういう機能を持っているのかを、簡潔にご説明願えませんか」

「余計なことを考えず、魔力を提供するだけでいいのです」

あんまりな物言いだ。彼女は実験台に対して同等な人格を認めていないのか。超絶《ちょうぜつ》美形で頭脳明晰《めいせき》、奇想天外《きそうてんがい》、四捨五入、出前迅速《じんそく》、落書無用な教育係は、一晩かけて寝《ね》ずに考えた言い訳を、目を白紫させながら言い募《つの》った。

「そっ、そうは参りませんよっ！　もしも貴女《あなた》が国家の転覆《てんぷく》を密《ひそ》かに画策していて、陛下への大逆のために技術を高めているのだとしたら、みすみす実験に付き合って謀略《ぼうりゃく》の一端《いったん》を担《にな》うわけにはいきませんっ。このフォンクライスト・ギュンターの生命は陛下の盾《たて》となるために存在するのであり……」

「雨乞《あまご》いですよ」

「雨乞いなどという大それた行為《こうい》は……は？　雨乞いですか？」

拍子抜《ひょうしぬ》けして口が半開きだ。

「魔笛とやらの不確かな力を借りなくとも、我々自身の魔力で雨は呼べるはず。ここのところ近隣《きんりん》諸国も水不足だと耳にしています。この理論が実用化されれば、わたくしたち魔族への畏《い》怖《ふ》と尊敬の念は一気に高まるはず！　ではご紹介《しょうかい》いたしましょう。魔力倍増雨乞い装置、その名も、今すぐふるぞーくんッ！」

「……ふるぞー……なんだか私、無性《むしょう》にキュウリが食べたくなってきました」

背中に負った緑の甲羅と、頭に載せた翡翠の皿に、特別な意味でもあるのだろうか。

吹いたら悲鳴をあげたのは、笛ではなくて、人間だった。

幼児の泣き叫《さけ》ぶ声は、家の外から聞こえてくる。真っ先にシャスが部屋を飛び出し、慌《あわ》てるおれに鎖《くさり》を引っ張られて、グウェンダルも億劫《おっくう》そうに立ち上がる。婚礼衣装《こんれいいしょう》のままのお嫁《よめ》さんに、そこにいろと言い置くのを忘れない。

「うちの子から離《はな》れろ！　手を離せ、触《さわ》るんじゃない！」
四、五人の子供に取り囲まれ、乾《かわ》いた地面に転がされて、ジルタが大声で泣いていた。ライトブラウンの巻毛は砂にまみれ、投げ出された袋《ふくろ》からは野菜が覗《のぞ》いている。この国の人達はキュウリが大好きなのか？　そんなこと今は関係ない。
駆《か》け寄ろうとした祖父も、がくりと転んだ。足下《あしもと》に紐《ひも》状の武器を投げられたのだ。ガキどもは悪びれもせずに袋の中身を物色している。暮れかけた紫の空の下で、彼等は堂々と強奪《ごうだつ》を続けていた。十歳そこそこの集団で、ジルタよりは随分《ずいぶん》と身体《からだ》がでかい。

子供の仕《し》業《わざ》といったって、許容範囲《はんい》を超《こ》えている。

「お前等、小さい子供に何てことをーっ！」

のっぽさんを牽引《けんいん》しなきゃならないので、なかなか現場に到着《とうちゃく》しない。悪童達は果物と瓶《びん》を選び出し、引き上げようと腰《こし》を浮《う》かせた。シャスは孫息子《むすこ》に這《は》い寄ってゆく。

集団の一人がおれを見た。

「小さい子？　こいつオレたちより年上だぜ」

そうだった。ジルタは魔族の血のせいで、普通《ふつう》の子供より成長が遅《おそ》い。

「どっ、どーでもいいから盗《と》ったもんを戻《もど》せ！　いや違《ちが》う、どうでもよくないっ。袋を戻して

ジルタとシャスの足を解《ほど》け。それから二人にちゃんと謝……」

一人がおれにも何かを投げた。ばかやろ、万年ベンチウォーマーといえど、こちとら捕手《ほしゅ》歴

十年だ。リトルリーグのお子ちゃまの球くらい、ミットなしでも捕《と》れないわけが……。

「げ」

顔の前で構えようとした左手は、鎖の重さで持ち上がらなかった。間一髪《かんいっぱつ》、首を傾《かたむ》けて危険

球を避《よ》けたが、後ろにいたグウェンダルは死球を喰《く》らってしまった。多分、ものすごく腹を立

てているはず。

「だってこんな奴《やつ》、どうせちゃんとした大人になんねーんだから、食っても食わなくても同じ

だろ」

薄暮《はくぼ》で顔は見えないが、言葉だけはしっかり耳に届く。

憎《にく》しみも悪戯《いたずら》心も籠《こ》もらない、当然のことを告げる声だ。

「背が伸《の》びてデカくなって一人前の男になって、兵士にでもなんなけりゃ食い扶持《ぶち》も稼《かせ》げねえ。

ずっと育たないまんまのガキなんて、高い金遣《つか》って生かしとく意味ないだろ」

「お前等なんでそんな恐《お》っそろしいこと言ってんの!?　親とか大人に教えられたの!?　どっか

のヒネた小学生みたいな、夢のない口きいちゃってさ」

「夢って飲めんのかよ」

おかしいじゃないか。

一番背の高い痩《や》せた少年が、細い足でジルタを蹴《け》りながら言った。

「夢で家畜《かちく》は元気になんのか？　夢で畑は緑になんのか？　夢で食いもんが増えるんなら、何日だって寝てやらぁ」

おかしいじゃないか。

おれはRPGを何本クリアした？　その中でいくつの国を救い、どれだけの子供を助けただろう。剣《けん》と魔法のファンタジー世界では、子供はいつも素直で悪戯好きで。

「……最近、野球ばっかでゲームしてないからかも……」

目の前にいた男の子が、二、三メートル吹《ふ》っ飛んだ。電光石火の一撃《いちげき》で、鉄拳《てっけん》制裁が加えられたらしい。グウェンダルは乾いた地面に身を屈《かが》め、ばらまかれた小銭《こぜに》を拾い上げる。意外と細かい。

「釣《つ》りで好きな物を買っていいとは言ったが、お前等にやったわけではない」

「なっ、なんだよそんな金ッ」

尻餅《しりもち》をついたまま後ずさる。他《ほか》の子供達もじりじりと、角に向かって退路を確保した。

「なんだよそんな汚《きたね》ぇ金、どうせ密告して儲《もう》けた金じゃねーか！　お尋《たず》ね者を引き渡《わた》して、代わりに受け取った卑怯《ひきょう》な小銭だ。あんたたちも間抜《まぬ》けだぜ、その鎖、逃亡《とうぼう》中の罪人なんだろうが、よりによって爺《じい》さんの家に逃《に》げ込むとはね。いいかい、逃亡犯」

しまった、手錠《てじよう》を出しっぱなしだ。

やっと自分の足を解き、シャスが孫を抱《かか》え起こした。ジルタはまだしゃくり上げている。

「シャスは自分の娘《むすめ》さえ役人に売って、金をせしめた男だぜ」

「まさか」

まさかそんな。彼は魔族《まぞく》のモレモレで、娘を嫁《とつ》がせてやってもいいとまで言っていた。街でしゃがみ込んでいたおれたちを、匿《かくま》ってくれようとしていたのに。

数十人分の足音が一斉《いつせい》に響《ひび》いた。薄暮の路地に何方向からも明かりが照らされ、おれたちは遠巻きな円の中央で、全員の視線を受けることになった。

「そのまま動くな!」

「ちょっと誰《だれ》か、嘘《うそ》だと言ってよ」

嘘じゃなかった。完全に包囲されていた。火器を手にした三十人以上の兵隊達に。

坊主頭《ぼうずあたま》の若い祖父は、おれの視線を避《さ》けて顔を逸《そ》らす。これだけが大事なのだというように、ジルタをぎゅっと抱《だ》き締《し》めている。子供達の言葉が浮かんできた。

兵士にでもなんなきゃ食い扶持も稼げねえ。

シャスは髪型《かみがた》も普通だし、歩くときも片足を庇《かば》っていた。しかも軍隊に入るには、いささか年をとりすぎている。

「……そうだよな……やっぱ孫が大事だもんな」

「逃亡犯らしき者がいるとの通報があった。お前達の名は？　どんな罪で追われている？」

それはこっちが聞きたいよ。

バッハと見紛《みまが》う二重顎《あご》の男が、隊長なのか声を張り上げる。バッハ顔にウニ軍艦《ぐんかん》の髪型《かみがた》だ。

「なんかおれたち、どんどんクライムランキングが上昇《じょうしょう》してるよ。どうするグウェン？」

「知るものか」

「おい、こそこそ話すな！　昼に教会から新婦が強奪される事件があったが、その二人組に風体《ふうてい》が似ている。どうだお前達、もしそうなら、早いところ認めてしまったほうがいいぞ」

そうだった、ニコラだよ！　おれたちは健康だし鍛《きた》えてるから何とかなるけど、彼女はできちゃった結婚《けっこん》直前の身だ。あまりお腹《なか》が目立たないとはいえ、これ以上過酷《かこく》な状況《じょうきょう》に置かれたら本気でやばい。これから縁戚《えんせき》関係になる娘さんなんだから、グウェンダルだってきっと同じことを考えてるだろう。

「知りませんねー、新婦さんなんて！」

おれは殊更《ことさら》声を張り上げた。周囲では集まり始めた野次馬を、数人の兵士が追い払《はら》っている。いつの間にか袋《ふくろ》も食糧《しょくりょう》も持ち去られ、少年達も消えていた。シャスがジルタを抱いたまま、獣《けもの》から逃《のが》れるみたいに離れてゆく。

なんだか無性に泣きたくなるが、出来ることがあるうちは諦《あきら》めない。

「そんな女、全然知らないよな？」

うまくアドリブ決めてくれと、祈《いの》るような気持ちで相方にふる。フォンヴォルテール卿《きょう》は眼光鋭《するど》く、自信たっぷりで舞台《ぶたい》に上がった。

「ああ。確かに我々は逃亡中だが、罪状は見てのとおりの駆け落ちだ」

シーワールド・ワンデイフリーパス付きの、右手の甲《こう》を翳《かざ》してやる。どうだ。

「駆け落ち者は、他の女に用はない」

「そうそう。だっておれたち、ラブラブだもん。なー？」

「……なー」

グウェンダル、真顔でドスを利《き》かせすぎ。精一杯《せいいっぱい》の背伸《せの》びで肩《かた》を組もうとするが、鎖《くさり》が短くてうまくいかない。

後ろから腰を蹴飛《けと》ばされ、地面で膝《ひざ》を強打する。

「隠《かく》すとためにならんぞ⁉」

「いてて……もっとバッハみたいに訊《き》いてくれ」

「隊長ーっ」

変声期真っ最中みたいな若者が、離《はな》れた路地で白い布を振《ふ》り回している。

「こっちに婚礼衣装が！」

「よし、そっちを探せ」

よかった、ニコラは逃げてくれたんだ。けれどドレスを脱《ぬ》いでしまって、どんな格好で走っているのだろう。もしかして、ラ？　ぎゃーそんな、できちゃった嫁《よめ》入り直前のお嬢《じょう》さんが、はしたなーい。

隊長は舌打ちし、誰にともなく呟《つぶや》いた。いーや、絶対にこう言った。確かに聞いた。

「ちっ、つまらん」

お生憎様《あいにくさま》、ただの単なる駆け落ち者です。てゆーか本当は駆け落ちさえしていない。だっておれたち……心の中で自己ツッコミ……男同士じゃん！

「連れて行け。いや待てその前に、名前は何だ？」

「名前……あ、えーと名前ね、そう、おれ誰だっけ」

グウェンダルの出した助け船は、予想以上の大ヒットだった。

「私はヤンボーだ」

「あっ、じゃあおれマーボーだわ」

得意技《わざ》は天気予報。明日も晴れ。

こんな時にどうだろうとも思うのだが、ここ数日間は実にハードな行程だったので、護送中の馬車というとんでもない場所にもかかわらず、おれは睡魔《すいま》に襲《おそ》われていた。緊張感《きんちょうかん》も極度の疲労《ひろう》には勝てないらしい。木製の車輪がガタピシいう振動《しんどう》も、波間に浮《う》かぶ心地よさだ。

「大物だなー」

「……ありがたいねえ、ナイスな嫌味《いやみ》」

「今のは私ではないぞ」

狭《せま》い箱に同乗している小太りの兵士が言ったらしい。

気付くと、グウェンダルの肩にもたれ掛《か》かっていた。慌《あわ》てて背筋を真っ直《す》ぐにする。通勤ラッシュで隣《となり》のサラリーマンに寄りかかっちゃった気まずさ。

「眠《ねむ》れるうちに寝《ね》ておけ」

「そうは言ってもさ。おれだけ楽するわけにいかねーじゃん。あんただって相当疲《つか》れてるんだから、隣でぐーすか寝られたら腹立つだろうし。おれたち一応、駆《か》け落ちカップルなんだから、仲悪いと思われちゃ困るだろ？」

長男が微《かす》かに鼻を鳴らした。もしかして笑ったのだろうか。

「妙な奴《やつ》だな」

「なんだよそれ。ああっ待て待て、迂闊《うかつ》に喋《しゃべ》ると全部聞かれるぞ」

「そうだな、それでは王宮魔族語で話せ。そうすれば方言同様、理解されづらい」

なにそれ。語尾《ごび》におじゃるとか付ければいいのか？　だが心配は杞憂《きゆう》に終わった。見張りが居眠りをし始めたのだ。標準語の会話が可能になる。

「何故《なぜ》そんなに厄介《やっかい》ごとに首を突《つ》っ込みたがるのだ？」

フォンヴォルテール卿は真っ直ぐ前を向いたまま、不機嫌《きげん》そうな青い瞳《ひとみ》も動かさない。

「お前は王だ。国のことは臣下に任せ、城で享楽《きょうらく》に耽《ふけ》ることもできるのに」

「キョウラクのフケリかたが判《わか》んないんだけど」

「好きなものはないのか、富や美食、それに女」

そりゃあもちろん嫌《きら》いじゃない。金《かね》もグルメも女の子も、堪能《たんのう》したことはないけれど恐《おそ》らく好きだろう。

「でも今んとこ、野球がトップかなぁ」

「ではその野球とやらをすればいい。思う存分」

「もうやってるよ、十年近く」

「なんだ、それは魔王の地位がなくても出来ることなのか？」

「情熱さえあれば」

「ではもっと、金のかかる遊びを……」

「なんで？」

思わずこちらを向いた表情が、彼らしくなく困惑《こんわく》していた。どんな美女でも治せないはずの不機嫌そうな眼《め》が、ほんの少し自信を失っている。

「皆《みな》さんの税金で贅沢三昧《ぜいたくざんまい》するのが王様の仕事なの？　それが正しい王様像だって、あんたもコンラッドもギュンターもヴォルフも思ってんの？」

「それは……だが、これまで平民から選ばれた者は、いずれも……」

「おれ、そんなこと知らなかったし」

公衆便所から異世界へ呼ばれて、いきなり魔王だと告げられたのだ。最低限必要な予備知識も無く、事前研修も一切《いっさい》無し。一国一城の主《あるじ》たる者の心構えもできていなかった。

「とりあえずの手本はツェリ様なんだろうけど、あのひとは大人の女性で、こっちはその辺の野球小僧《こぞう》だよ。同じようにやれるわけがない。だったらおれなりに精一杯、自分らしくやるしかないでしょうが。その結果が新前でへなちょこで、記憶《きおく》に残る史上最低君主と称《しょう》されようと、これまでの十六年間の経験で、判断してくしかないわけだ」

欲しい相《あい》づちが貰《もら》えず、心細い。不意に馬車が大きく揺《ゆ》れて、兵が聞き取れない寝言を発した。格子《こうし》の塡《はま》った窓からは、すっかり暮れた空が見える。

「教科書に絵付きで載《の》ってるような、ルイルイの生活が似合うわけないじゃん。それに、もしおれがどうしようもなく間違《まちが》った判断しちゃったら、そんときは……」

だってそうだろう？　おれには教育係がいて保護者兼《けん》ボディーガードがいて、成り行きでそうなってしまった婚約者がいる。その上、誰《だれ》よりも国のことを愛していて、献身《けんしん》を惜《お》しまない真の魔族が、過ちを犯《おか》さないように見張ってくれてる。

「止めてくれるだろ？」

今度こそ見間違《みまちが》いでなく本当に、頬《ほお》を緩《ゆる》めて目を細める。思ったよりずっと穏《おだ》やかで、感情のこもった笑《え》みだった。

彼はこうやって笑うのだと、おれだけが知らずに損してたんだ。

「なあ、ちょっと訊《き》きたいんだけど」

「なんだ」

「ヤンボーって誰の名前？　突然《とつぜん》どこから出てきたの」

「あれか。あれは最近里子に出した子の名だ」

「やっぱり隠《かく》し子が！」

「うさちゃんだ」

なんだ自分の赤ん坊《ぼう》じゃなかったのか。しかし謎《なぞ》の多い男だから、兎《うさぎ》のブリーダーくらいやっていてもおかしくない。サイドビジネスとして成立するのかは不明だが、ご一緒《いっしょ》にピヨコちゃんもいかがですかーなんて……ちょっと待て、今。

「今、うさちゃんて言った⁉」

返事がくる前に馬車は止まった。外側から扉《とびら》が開けられて、厳重な警備の中を降ろされる。サングラスとパイプが加われば、これまた日本史の教科書にいる、タラップを下《くだ》るマッカーサーだ。単なる駆《か》け落ち者の出迎《でむか》えに、こんなに兵士が必要だろうか。

国会議事堂の一階部分だけを使ったような、石造りの建造物に連行される。エントランスに庁舎名が書かれていたが、相変わらずおれは文字が読めない。

「ここどこ？」

「家裁だ」

それは家庭裁判所ということか？　夫婦《ふうふ》が婚姻《こんいん》関係を解消したり、子供の親権を争ったりする場所だ。耳鳴りくらいのボリュームで、BGMが流れていた。素人《しろうと》が面白《おもしろ》がってテルミンをいじるような、曲というよりホラー映画の、恐怖感《きょうふかん》を盛り上げる効果音だ。

「親でも夫婦でもないおれたちに、裁判所がどんな命令を……グウェンダル!?　どうしちゃったんだ、顔が悪いぞ」

超美形種族をつかまえて、信じられないベタな言い間違いだ。顔色が悪い、だ。夜になって寒いくらいの気温なのに、額と首が脂汗《あぶらあせ》で光っている。

「……法力がそこら中に……満ちている」

「えっ、なに、どーいうこと？　匂《にお》いもしないし煙《けむり》もないし。あ、もしかしてこの不気味なシーン用の効果音かな」

「私には何も……聞こえないが」

それでも具合は悪そうだ、屈《かが》み気味でゆっくりとしか歩けない。おれのほうはしんどいところは特にないのだが、胸に触《ふ》れている魔石が異様に熱を持ち、火傷《やけど》しそうなくらいだった。程度の軽い罰《ばつ》ゲーム状態だ。

「入れ」

突《つ》き飛ばされてホールに踏《ふ》み込むと、裁判所でいう法廷《ほうてい》だった。中規模な講堂くらいの広さがあり、磨《みが》き上げられた乳白色の石が床《ゆか》にも壁《かべ》にも使われている。高い場所に四人の老人が座っているが、あれは恐《おそ》らく判事だろう。白くなった髪《かみ》を辛《かろ》うじてモヒカンに固めている。四方八方に余っている警備兵は、皆《みな》一様に無表情だ。

もったいぶった傍聴席《ぼうちょうせき》もあるけれど、一般人《いっぱんじん》の姿はどこにもない。木製の境の向こうには、陪審員《ばいしんいん》どころか弁護人もいない。ミランダ法はないらしい。

部屋の中央では三人がもめている。スヴェレラに泣き叫《さけ》ぶ女性の両腕《りょううで》を二人の男が引っ張り合い、互《たが》いにどちらも譲《ゆず》らない。地獄《じごく》の三角関係だ。一方の男が後ろに転び、ようやく勝負……いや決着がついた。

「ほら、先に手を離《はな》しちゃった方が、愛があるから本当の彼氏なんだぜ……あれ」

最後まで腕を掴《つか》んでいた大柄《おおがら》な男が、意気揚々《いきようよう》と引き上げてゆく。痛みとショックでぐったりとした放心状態の女性を連れて。

大岡裁《おおおかさば》き、通用せず。

「次ッ」

他にお客さんはいないから、おれたちの順番らしかった。

「ヤンボー、マーボー」

思わず口をついて出てしまう。

「天気予報」

「おや、両方男だね」

促《うなが》されて中央に進むと、正面にいる四人の判事のうち、一人はそう年寄りでもないのが判ったた。髪は白く染めているらしい。円錐《えんすい》状の服から首だけ出していて、てるてる坊主《ぼうず》が座ったような姿だ。目尻《めじり》と額と口元に、日に焼けて深い笑い皺《じわ》がある。

「おお、鎖《くさり》が重そうで気の毒だ。それに長身の……ヤンボーか。そっちは魔族だな。かなり体調が悪く見えるが、まあ無理もない、この館は法力の源で厳重に守られているからね。魔力のある者には辛《つら》かろう。では、手早く済ませてしまおうか。お前達だって一刻も早く手錠《てじょう》を外したかろう」

裁判官という感じはしなかった。早口で朗《ほが》らかでいい人そうだ。権威《けんい》を笠《かさ》に着た物言いも、もったいぶった難解な言い回しも多用しない。この人なら正直にうち明ければ、無罪放免《ほうめん》もありそうだ。

「さて、お前達は駆け落ち者ということだが、手配書を探しても該当者《がいとうしゃ》がいないのだよ」

「あの実はおれた……」

「そこでだ」

はい？

「その枷《かせ》を外してもいいように、縁《えん》を切るとこの場で決めてもらおう。互いに決められた正当な相手の元に戻《もど》り、婚姻を結んで正しい家庭を築くことを、わたしの前で誓《ちか》ってもらおうか」

「えーとでも正当な相手と言……」

「皆に追われ指差され辱《はずかし》められて、こんな目に遭《あ》うと知っていれば、神の意に添《そ》わぬ相手と良からぬ関係になど落ちなかろうに」

「落ちるって……」

しまった、この男が早口で朗らかなのは、他人《ひと》の話を聞かないからだ。裁判官は自らの人生観と、男女、時には同性関係の概念《がいねん》について思う存分まくし立て、「嗚呼《ああ》人生に涙《なみだ》あり」をフルコーラス三回歌い終わった頃《ころ》に、ようやく二度目のチャンスをくれた。

「お前達の行為《こうい》がどんなに愚《おろ》かなものか、骨身に染《し》みて解ったろう。では互いに相手をどこまで憎《にく》むようになれたかを、ここで聞かせてもらおうか」

またまたわけの解らないことを言い出した。いくら説教が長くても、水戸黄門《みとこうもん》のテーマ三回分だ。その程度の時間で冷める感情なら、駆け落ちなんかしないって。おれたちは元々、してないけどね。

しかし、今は手錠を外させるのが先決だ。ここはひとつ、心を入れ替《か》えた二人になりきって、馬鹿《ばか》なことをしましたと認めてしまおう。

「もう、ほんっとに浅はかだったと後悔《こうかい》してます。例えばシングルヒットでも四球でもいいのに一発狙《ねら》っちゃって、外野フライでゲームセット、みたいな」

なにそれ。判事は右手をひらひらさせている。他の三人は微動《びどう》だにしない。

「最初からこいつとなんか合いっこないんですよ。性格不一致《いっち》なんだから。だって初対面の時からおれのこと嫌《きら》ってたし見下してたし、コレとか言っちゃってガキ扱《あつか》いだしっ、言葉にはいっつも険があるしね。なあ、そうだったよな?」

「……ああ」

相当、具合が悪そうだった。大急ぎで此処《ここ》を離れなくてはならない。笑い皺の白モヒカンを言いくるめなくては。

「しかもおれがついて行こうとしたときも、戻れとか足手纏《あしでまと》いだとか言うんですよ。会話もろくに成立しないし、こんな奴《やつ》と一緒にいても楽しくないっスよ!」

けれど確かにあの時に、彼の言葉どおり引き返していれば、こんな場所に立たされはしなかっただろう。おれはカーベルニコフのご用邸《ようてい》とやらで、海辺のリゾートを満喫《まんきつ》していて、グウェンダルだって首尾《しゅび》よく従兄弟《いとこ》と合流し、魔笛《まてき》を国内に持ち帰っていたかもしれない。何もかも、おれのわがままのせいだ。そこから災難が始まってる。

自分らしくやろうとした結果がこれだ。なにひとつ正しいことなんてありはしない。

馬車の中で打《ぶ》っていた王様像とやらに、一歩どころか数ミリだって近付けていない。迷惑《めいわく》をかけることばかり得意で、自分では始末もつけられない。この世界に来て何かをするたびに、おれは誰《だれ》かに助けられている。

「……それに馬から落ちるとこを、必ずあんたに見られててさ」

ライオンズブルーの魔石の熱が、心臓にまで届きそうだった。ぎゅっと握《にぎ》って拳《こぶし》をつくると、右腕《みぎうで》に塡《は》めたままのデジアナが手首の骨に当たって少し痛んだ。

「……やっぱおれが」

なんで嫌われてるなんて思ったんだろう。

「……ごめん、おれが、ばかだったよ」

「そうでもない」

腰《こし》にくるはずの重低音が、痛々しく掠《かす》れて聞き取りづらい。やっとのことで立っているのに、彼は再び背筋を伸《の》ばし、威厳《いげん》と自信を取り戻す。

「そう悪い王でもないと思っている」

「どんな経緯《けいい》なのかは知らないが、まだ確信が持てないね。愚かな行為を悔《く》い改め、正しい相手との関係を維持《いじ》するためには、もう二度と逢《あ》いたくないくらいに、過《あやま》ちを犯《おか》した相手を憎むべきだ。わたしの目にはどうもまだ、お前達が決別しそうには見えないのだよ」

白モヒカンでてるてる坊主のくせに、判事はおれたちの足元へ細長く輝《かがや》く鋼《はがね》を投げた。石の床に弾《はず》んで音を立てる。

「取りなさい」

「え?」

刃渡り二十センチほどの短剣だった。象牙に似た手触りの柄には細工が施され、一彫り一彫りの僅《わず》かな溝《みぞ》に、錆色《さびいろ》の粉が残っている。

血だ。

「それを取って。どちらでもいい、刺《さ》しなさい」

「……なに」

「たとえ死んでも責任は問わない。不実な関係を終わらせるんだ。そして明日からは定められた配偶者《はいぐうしゃ》の元に戻る、もう二度と道を踏み外すまいと誓ってね。さあ、早く。早く済ませてしまおうじゃないか。お前達だって鎖を外したいだろう?」

それはもちろん外したい。一生このままだなんて考えたくもないし、一刻も早く此処から離れなくては。グウェンダルがよろめきながら屈《かが》み、鈍《にぶ》く光る刃《やいば》を手に取った。

「グウェン……?」

もう立ち上がる気力もないのか、膝《ひざ》をついたままこちらを見上げ、おれの手に黄ばんだ柄を握らせる。

「利《き》き腕は、右だったな」

「そうだけど……そんな、おれ」

「殺せと言っているわけではない。この辺りが楽だ、さあ早く済ませろ」

彼は自分の左肩《ひだりかた》を示し、不機嫌《きげん》で冷徹《れいてつ》な視線を向けてきた。まるで爆弾《ばくだん》でも渡されたみたいに、五本の指がみっともなく震《ふる》える。

「どうした、剣を持つのは初めてではないだろう。その時と同じようにやればいい」

焦《あせ》りと苛《いら》つきを押し殺した口調。

ヴォルフラムとの決闘騒《けっとうさわ》ぎのときも、モルギフと闘技場に立たされたときも、もっとずっと長くて重い剣を、生身の人間相手に振《ふ》るったはずだ。それに比べればこの短剣は、華奢《きゃしゃ》で玩具《おもちゃ》のようなものだ。反撃《はんげき》されるおそれもないし、軽く刺せばいいだけだと判っている。血だってそんなには出ないだろう。

でも。

「……変だろ」

少女漫画《まんが》的美少年フォンビーレフェルト卿《きょう》ヴォルフラムは、プライドを傷つけたおれを叩《たた》きのめそうと、明らかに本気で挑《いど》んできた。下《した》っ端《ぱ》海賊《かいぞく》少年リックは、おれを倒《たお》せば死刑《しけい》を免《まぬが》れるからと、決死の覚悟《かくご》でかかってきた。何がなんだか判らないうちに斬《き》り掛《か》かられて、おれも必死で応戦した。

あの時は、どこかに理由があった。

今さら非暴力主義だなんて言うつもりもないが、お互《たが》いに戦意も遺恨《いこん》もないのに、どうして傷つける必要があるんだ？

「だって変だろ、同じなわけないじゃん。敵意もないのに。やっと少し理解できたような気がするのに。じゃああんたやれよ。おれを刺せる？　この穢《けが》れた凶器《きょうき》で、おれを刺せるか？」

グウェンダルは唇《くちびる》を微《かす》かに上げて、こうなると思ったという顔をした。その一瞬《いっしゅん》の面差《おもざ》しに、コンラッドの苦笑いが重なった。ああ、やっぱり兄弟なんだよな。とても控《ひか》えめな遺伝子で、彼等の血液は結ばれている。

「……いや」

「だろ？　おれもそう。だいたいおかしいよ。常軌《じょうき》を逸《いっ》してる。目の前で人間綱《つな》引《ひ》きなんかさせたりしてさっ！　しかも今度は別れる証拠《しょうこ》に刺しあえなんて、江戸《えど》時代の不義密通じゃねーっつーの！　しかもそれを良識ある裁判官が、にこにこ楽しげに見てるなんて。おれがなにより腹立つのはね」

相棒が立ち上がるのに手を貸してやり、判事席の四人に目を向けた。他の三人の老人は、青白い肌《はだ》で動かない。藁人形《わらにんぎょう》を崇拝《すうはい》する国だから、あれも精巧《せいこう》な作り物なのかも。どのみちおれが対決するのは、笑い皺《じわ》のある男一人だけだ。

「自分達のケンカをあんたみたいな他人に指図されること！　嫌いたきゃ勝手に嫌いになるし、好きになりたけりゃそうするよ。なのにそれを、別れろだの憎みあえだの、横から口出しするなっての！　ヤンボーマーボーで血の雨だなんて、お天気の森田《もりた》さんだって言いやしねーよ！」

象牙の柄をぎゅっと強く握ってから、短剣を床《ゆか》に投げつける。一度だけ大きく跳《は》ね返り、銀の放物線は素早《すばや》く止まった。からんと響《ひび》き渡る金属音に、周囲の警備が息を呑《の》む。

「さ、行こうぜグウェン。どっか他で鎖《くさり》を切ってもらおう。こんなとこに長くいたら血圧上がっちゃう」

「待ちなさい、他ではその手錠《てじょう》は外せんよ！」

白モヒカンの声にいくらか焦燥《しょうそう》が混じる。

長男はそちらを向きもせず、軽い調子で訊《き》いてきた。

「外れないとさ。どうする」

「じゃああんたには審判《しんぱん》やってもらう。捕《ほ》手《しゅ》と主審《しゅしん》はくっついてるからね」

「待つんだ！　警備兵、拘束《こうそく》しろ！」

先程の剣を武器代わりに拾おうと、おれは反射的に振り返った。男達は眼球が飛び出すほど目を見開き、唇だけで笑っていた。背筋を冷たい汗《あせ》が落ちてゆく。

判事席で動かない四人のうち、誰が喋《しゃべ》っているのか判《わか》らなくなる。

「お前達の考えはよく解った。そうとまで思うのなら仕方がない。私の責任で外してやろう」

「……ほんとに？」

「ああ」

もう連れションをしなくて済むのか。

一瞬信じかけた時、首筋に冷たい痛みが走った。すぐに視界が暗くなり、数秒後には意識が霞《かす》み始める。

「ユーリ！」

遠くで誰かが呼んでいる。

おれの名前を、叫《さけ》んでる。

8

灯《あか》りの漏《も》れている店といえば、酒場か娼館《しょうかん》くらいだった。

ユーリが眞魔国《しんまこく》に喚《よ》ばれるようになって、今でこそ王都に落ち着いたコンラッドだが、それまでの満たされない十数年間には、異国を旅する機会も多かった。

スヴェレラの首都は規模こそ大きいが、夜間は活気を失っている。酒場には酔《よ》いどれた兵士がしこたま居るのだが、娼館に若い女の姿はない。皆《みな》が皆、女房殿《にょうぼうどの》への貞節《ていせつ》を誓《ちか》い、健全な恋愛《れんあい》しか求めないのだろうか。

「気分が悪い」

黙《だま》って横を歩いていたヴォルフラムが、久々にぼそっと呟《つぶや》いた。

「この街には法力に従う要素が満ちている。しかも法術士の数も多い」

「俺には魔力《まりょく》の欠片《かけら》もないから、そういうことは判らないけど。辛《つら》ければ宿で……」

無闇《むやみ》に歩き回っても、収穫《しゅうかく》があるとは限らない。

「うるさい」

憎《にく》まれ口をきく気力があれば、いきなりぶっ倒れたりはしないだろう。次男は弟の強情《ごうじょう》さに溜息《ためいき》をつき、帰れと言うのを諦《あきら》めた。

数年前に法石が発掘《はっくつ》されてから、この国の気候はおかしくなった。乾燥《かんそう》地帯に位置するとはいえ、雨期には充分《じゅうぶん》な降雨があったのに、それがほとんど見込めなくなったのだ。作物や家畜《かちく》は生き延びられなくなり、食糧《しょくりょう》の自給率は最低となった。その代わりに希少価値である法石は、世界的な市場で取り引きされた。上質の物はかなりの高値がつき、逆に質の劣《おと》る物は国内に安価で流れた。屑《くず》同然の規格外品なら、法力を持たない者までバザールで買えるという。

もっとも石で儲《もう》けているのは一部の富裕《ふゆう》層だけで、民《たみ》の多くは雨不足に乾《かわ》いて飢《う》えていた。飢餓《きが》による不幸な犠牲《ぎせい》を出さずに済んでいるのは、家族のいずれかが働き手として、採掘場の労働に従事しているからだろう。

本当に質のいい法石は、女子供の手でしか掘《ほ》れないと言われている。淑女《しゅくじょ》のいない娼館の前を過ぎてから、コンラッドは異父弟の様子を窺《うかが》い見た。

「そんなに法力に従う要素が多い街で、グウェンダルは力を使えるだろうか」

「魔術や魔力に頼《たよ》らなくても、兄上は充分に立派な武人だ。だが、正直なところこれだけ魔族に不利な土地で、魔術を自在に操《あやつ》れるのは、母上と……」

エメラルドグリーンの瞳《ひとみ》が曇《くも》り、整った眉《まゆ》が顰《ひそ》められた。ヴォルフラムは、らしくなく逡巡《しゅんじゅん》する。

「……スザナ・ジュリアくらいしか、思いつかない」

「そりゃ大変だ」

特に気にするふうもなく、コンラッドは二階建ての角を曲がった。表通りを一歩離《はな》れて路地に入ると、たちまち光が少なくなる。ボストンやデュッセルドルフの街角みたいに、心強い街灯はどこにもない。店や家のランプが消えてしまうと、頼りは月と星ばかりだ。

「他の隊の誰《だれ》か一人でも、陛下と接触《せっしょく》できればいいんだが」

「首都で合流と言ったんだから、ぼくらを待っていないはずがない。宿屋に泊《と》まっていなかったのは、例によってユーリの我が儘《まま》だろう。あいつは旅を娯楽《ごらく》か何かと勘違《かんちが》いしている」

それはお前だよヴォルフラム。次男はなんとか笑いを堪《こら》えた。

ちょうど娼館の裏手に来たとき、地下室に通じる石階段から小柄《こがら》な影《かげ》が走り出てきた。避《よ》ける間もなくこちらにぶつかる。子供よりはいくらかしっかりしているが、少年と呼んでもおかしくないような体つきだ。

「あっごめんなさ……」

「ユーリ？」

違う名前を口にしそうになって、コンラッドは自分でも驚《おどろ》いた。記憶《きおく》の彼方《かなた》の姿とは、声も背格好も……。

「似てないぞ。何を勘違いしてるんだ」

ヴォルフラムが不満げな声をあげた。

「ユーリはもっと品があって洗練されている。それにこれは、棒みたいだとはいえ女だぞ?」

「待って! 待ってあなたたち、ユーリを知ってるの!?」

少女は頭部を覆《おお》っていた布を落とし、月の光に目を凝《こ》らして相手を見た。ウェラー卿《きょう》とフォンビーレフェルト卿を交互《こうご》に比べ、最後に金髪《きんぱつ》の美少年で目を止めた。

「あなた魔族の人ね。だってすごく綺麗《きれい》な顔してるもの。ねえあなたがた、ユーリの知り合いなの?」

「知っているも何も……」

コンラッドが言い淀《よど》んでいるうちに、ヴォルフラムは不愉快《ゆかい》そうに鼻を鳴らし、得意のふんぞり返りポーズで少女を眺《なが》めた。

「ユーリはぼくの婚約者《こんやくしゃ》だ」

「えっ」

いけないことを聞いてしまった顔をして、女の子は唇に指を当てる。十六、七歳くらいだろうか。長く濃《こ》い睫毛《まつげ》の下の大きな目が、隠《かく》し事をできずに動いてしまう。

「……ということは、それじゃ、あの、あのっあなたが、あのォ」

「なんだ」

「婚約者をお兄様に奪《うば》われたという弟さんなのね?」

「なにィ!?」

月と星の仄《ほの》かな光でも判るほど、ヴォルフラムの頬《ほお》が猛《もう》スピードで紅潮した。脳天から湯気でもたちそうだ。やはり先の街での情報をワクチン代わりに伝えておくべきだったか。

「どういうことだ⁉　どういうことだコンラート⁉　兄上がそんな、まさか、いややっぱり、というかあの尻軽《しりがる》ッ！」

「落ち着けヴォルフ。ちょっとした誤解だから」

「あの、いえ、誤解じゃないわ。あたし二人に直接会ったんだもの。気の毒に、あのひとたち追われていたの。お互《たが》いに手錠《てじょう》で繋《つな》がれて離れられないのよ」

「手錠だとぉ⁉」

頭で湯が沸《わ》かせそう。目玉焼きなら堅《かた》めに焼けそうだ。それにしてもこの娘《むすめ》は天然なのだろうか。事態をどんどん悪くしてゆく才能がある。

「でもどうかもう責めないであげて。二人はお似合いの偽名《ぎめい》まで名乗って、末永く幸せになりたそうだったもの」

ペアルックならぬペア偽名とは。

「……その場しのぎとかなんじゃ……」

「そんなことないわ！　だってユーリとあの人、あの、あたし名前を教えてもらってないの。ヒューブの従兄弟《いとこ》の背の高い方は、とっても息が合ってたもの。ああ、でももう二人のことは許してあげて。そしてどうにか助けてあげて。あたしが力になれれば良かったんだけど、一人で抜《ぬ》け出すのがやっとで。若い女がたくさん居るところに紛《まぎ》れ込めば、目立たずに時間を稼《かせ》げるかと思って、こうして娼館に来たんだけど……信じられないわ！　女の人がいないの！　いるのは綺麗なおにーちゃんたちばっかりよ。この国の行く末が心配っ」

もはや娼館というよりゲイバーだな。

婚約者様は怒《いか》りのあまり我を忘れ、ゴミ箱に八つ当たりを繰《く》り返している。しばらく蹴《け》らせておくことにして、コンラッドは泣きそうな少女の肩《かた》に手を置いた。

「ではきみは、陛……ユーリ達の居場所を知ってるんだね？」

「少なくとも何処《どこ》に連れて行かれるかは、判るわ。あたしもそうなるところだったから。正式に別れると誓《ちか》えなかった場合……」

サイズの合っていない服に掌《てのひら》を擦《こす》りつける。

「寄場《よせば》送りにされてしまう」

重くて大きな荷物を投げる音で、聴覚《ちょうかく》から意識が戻《もど》り始めた。腕《うで》も足も自分のものではないようで、動かそうにも力が入らない。投げ出された荷物はおれ自身だと、気付くまでにかなりの時間を要した。

頭上からは間延びした口調の会話が聞こえる。

「けどなーこいつどう見ても女にゃー見えねーだろー？　男をここに入れといても、何の役に立つんだかなー。男は法石を掘れねーだろー？」

「気にすんな、いいんだよ。オレたちゃ言われたとおりにしてりゃーよ。でかい方の奴《やつ》を監獄《かんごく》送りにしたんだから、こっちのちっこい方は女の寄場に置いとくしかねーだろ」

もう二人一緒《いっしょ》ではないということだ。白モヒカンは約束どおり手錠を外してくれたが、状《じょう》況《きょう》はますます悪化している。グウェンダルは刑務《けいむ》所《しょ》送りだし、おれは手足も自由にならない。

「それにな、首都じゃ最近はそーいうのもありなんだってよ」

「げー、世も末だなー」

「ああ、世も末だなー」

そーいうのって、何よ⁉

遠ざかる声に追い縋《すが》って問い詰《つ》めたかったが、身体《からだ》のほうはやっと指先が動く程度だ。扉《とびら》が乱暴に閉められて、外から閂《かんぬき》をかける音がした。背骨が床《ゆか》にぶつかって、ようやく痛覚が戻ってきたのが判った。口を開ける、息を吐《は》く、声を出してみる、痙攣《けいれん》する瞼《まぶた》を押し上げてみる。

「……あ……いた、た」

途端《とたん》にいくつもの足音が、木の床を蹴って駆《か》け寄ってきた。これだけの数の人間が、今までどこに潜《ひそ》んでいたのだろう。薄《うす》い膜《まく》がかかってぼんやりとした視界には、一つだけの小さな天窓から、明けかけた薄紫《うすむらさき》の空が見える。それをいきなり遮《さえぎ》って、覗《のぞ》き込んでくる顔、顔、顔。

「可哀想《かわいそう》に、何か薬を打たれたんだね。あら、ほんとに男の子だ」

「ほんとだ、若ーい。お肌《はだ》もほっぺもツルツル……じゃ、ない」

うーん期待外れで申し訳ない。おれ屋外スポーツのヒトなもんで。

女性達にどこもかしこも触《さわ》られて、嬉《うれ》しいような恥《は》ずかしいような。

「でもさ、寄場預かりにされたってことは、この子も……」

「あんたたち、もうすぐ夜が明けるんだよ！　少しでもその子を休ませてやらなきゃ」

年長者らしき凜《りん》とした声が、集団の後ろからかけられた。

彼女が手近な寝台《しんだい》を指すと、素早くそこが整えられた。四人くらいの女性を呼んで、おれを横たえるように言ってくれる。ろくに顔は見えないが、てきぱきと人を動かす様子からすると、どうやら凜々《りり》しい声の持ち主は、この小屋のリーダーらしかった。

ベッドというよりも寝棚《ねだな》だった。板に薄い布団《ふとん》が敷《し》いてあり、駅のベンチ同様に快適だ。

「あのー、夜分に申し訳ございませんが、ここはどういった施設《しせつ》なのでしょうか？」

恐《おそ》らく年上のご婦人なので、可能な限りの敬語で訊《き》いてみた。

「ここは神や国に背《そむ》いた女達が、何もかもを奪われてゴミみたいに捨てられる場所だよ。あたしたちみたいな咎人《とがにん》でも、法術士様のお使いになる、法石を掘る役には立つんだってさ」

言い慣れた皮肉を盛り込むが、すぐに世話好きそうな口調に戻る。

「あんたこそどうして、男の子がこんなところに？」

「ちょっと駆け落ちしたと勘違《かんちが》いされちゃって」

「駆け落ち者なのかい？　じゃああそこで寝てるマルタと一緒だ」

彼女が顔を向けた隣《となり》のベッドには、薄明かりにくすんだ金髪《きんぱつ》の女が、身体を丸めて眠《ねむ》っていた。こちらに向けた背には、粗末《そまつ》な布の下に背骨が浮いて見えた。

「あの娘《こ》は女房《にょうぼう》持ちの雇《やと》い主と恋仲《こいなか》になってね。隣国《りんごく》へ逃《に》げようと図《はか》ったんだけど、待ち合わせ場所に現れたのは恋人じゃなかった。相手の男は怖《お》じ気《け》づいたんだ」

マルタは胎児《たいじ》みたいに膝《ひざ》を抱《かか》えたまま、会話が聞こえても動かない。リーダーらしき女性は吐息《といき》混じりに言った。時代劇でよくある牢名主《ろうなぬし》にしては、彼女自身も若そうだった。

「そいつは恐らく、今でも街でゆうゆうと暮らしてるよ。マルタは生まれたばかりの子供まで取り上げられて、口もきけなくなっちまったのに」

「え、だって二人で計画したんだから、二人とも罰《ばつ》を受けるのが当然じゃないの」

「違うよ。たぶらかした女が悪いんだってさ。男は、自分は騙《だま》された、こんな女とはきっぱり別れるって誓いさえすれば、それで無罪放免《ほうめん》だ。あんたの相手は監獄に送られたって？」

「らしーっス」

「じゃあ最後まであんたと縁《えん》を切るって言わなかったんだ。羨《うらや》ましいね、愛されてて」

思わず鳥肌《とりはだ》が立ってしまった。断じてそういうことではない。

徐々《じょじょ》に明るくなってきて、室内の様子が判ってきた。二段ベッドが左右の壁《かべ》に五台ずつあり、あとは細い通路だけだ。若き日のポール・ニューマンが「暴力脱獄」で脱走《だっそう》した刑務所並みに、狭《せま》くて陰鬱《いんうつ》で殺風景だった。

おれと話している奥さんは、手も足も驚《おどろ》くほど痩《や》せていて、指の関節が突《つ》き出していた。もしかしたら本当はもっと若いのかもしれないが、苦労のせいか三十以上に見える。特に美人というタイプではないが、意志が強く信頼《しんらい》できそうな目をしていた。牢名主を張っているだけのことはある。

外で起床《きしょう》ラッパが鳴り響《ひび》き、寝ていたルームメイト達が一斉《いっせい》に起き上がった。もの凄《すご》いスピードで作業着を身につけてゆく。恥ずかしがってる暇《ひま》もない。深夜のバラエティー番組なら、お着替《きが》え選手権で一万円は稼げてる。呆気《あっけ》にとられて見ていると、牢名主さんが靴紐《くつひも》を結びながら訊いてきた。

「あんた名前は？」

「えーとどっちだっけ、確か中華《ちゅうか》っぽいやつ。ああマーボー！　マーボーでした」

「あたしはノリカだよ。さ、マーボー、合図があったらすぐに看守が来るから、それまでに身《み》支度《じたく》を整えないと朝食が貰《もら》えないよ」

ずいぶん痩せた藤原紀香《ふじわらのりか》だななどと、頭の隅《すみ》っこで不謹慎《きんしん》なことを思いつつ、おれはどうにか身体を起こした。ダブルヘッダーを消化した翌日みたいに、節々が悲鳴をあげている。ストレッチ、ストレッチしないと故障の原因になるから……。

「起床！」

本物のアメリカの刑務所さながらに、腰《こし》に警棒を下げた看守がドアを開けた。まだ立ち上がれないおれを見て、連帯責任、とだけ叫《さけ》んで出ていった。

小屋の中が怒りと溜息《ためいき》に満ちる。どうやら朝食抜き決定らしい。

「なにこれ、もしかしておれのせい？」

おれ一人のせいで、二十人が朝飯抜き⁉

「うわーどうしようッ、すんませんっ、申し訳ない！」

「仕方ないよ知らなかったんだから。初日は誰《だれ》でもそんなもんさ」

ノリカねーさんは弱く笑って慰《なぐさ》めてくれるが、朝食抜きが体に悪いのは厚生労働省も認めている事実だ。エネルギーなしでは脳味噌《のうみそ》も働かない。次の点呼には間に合わせなくてはと、痛む筋肉に力を加える。

「そもそもどうして女性の宿舎に入れられてるんだろう」

「当たり前だよ、ここには女しかいないんだから」

「ああそっか、駆け落ちとか不倫《ふりん》とか、愛の罪人の女性達ばかりの更生《こうせい》施設だったっけ」

ところが、更生施設などではなかった。

眠《ねむ》っている間に連れてこられたので外の様子は全く知らなかったのだが、何処までも続く乾《かわ》いた大地で、目に入るものといえば岩山と砂と数本の枯《か》れ木だけだった。規模の小さいエアーズロックだ。小屋は他にも六棟《とう》あり、住人は総勢百人以上。

剝《む》き出しの岩肌《いわはだ》には数ヵ所の穴が空けられ、一列になった女達は次々とそこに入っていった。誰一人口もきかず、整然と。皆《みな》、痩せて汚《よご》れて疲《つか》れていたが、列は絶対に乱れない。腰を鎖《くさり》で繋《つな》がれているからだ。

またしても、鎖。

早くも太陽は輝《かがや》きを強め、たちまち汗《あせ》が滲《にじ》みだす。穴の構造は解らないが、快適であるはずがなかった。

更生施設なんかじゃない。これは強制労働で、ここは収容所か刑務所だ。

決められた相手以外と恋をした、ただそれだけのことなのに、彼女達はまるで囚人扱《しゅうじんあつか》いだ。いや囚人だってもっと待遇《たいぐう》はいい。

どうなっているんだろう、この国は。おれはどうしてこんな所にいるんだろう。

穴には入るなと止められて、おれは四、五人しかいない男性受刑者《じゅけいしゃ》と、日射《ひざ》しの中で荷袋《にぶくろ》を担《かつ》がされた。女性陣《じん》は山程の斑《まだら》の石と、時折金ぴかの小石を掘《ほ》り出して、荷車で穴の外に運んでくる。外の作業場では比較的高齢《ひかくてきこうれい》のご婦人方が、収穫《しゅうかく》を選別しては麻袋《あさぶくろ》に詰めていた。さらに厳重に包装したものを、おれたちが倉庫に運ぶことになる。

採掘《さいくつ》されているのは法術士が使う法石で、上質なものになると女子供の手でしか触《さわ》れないらしい。どこかのセクハラ課長みたいだ。おれの胸にある魔石《ませき》と同様の貴重品だが、精製しないとただの石。

他の男どもは例外なく髭面《ひげづら》のおっさんだ。彼等が何故《なぜ》、女子刑務所にいるのかを想像したら、三夜連続でうなされずには済むまい。

看守は棒、時にはシャベルやツルハシで、躊躇《ちゅうちょ》なく囚人を打ち据《す》えた。いくつもの荷袋を担ぐうちに、この悲惨《ひさん》で非現実的な光景が、夢ではないかと思えてきた。

だってそうだろう、考えられる？　二十一世紀の日本から、埼玉から、夏休み真《ま》っ只中《ただなか》のシーワールドから、強制労働の一日体験だなんて。一日だけでは終わらないかもしれない。この先ずっと、エアーズロックのお膝元《ひざもと》で、クソ重い荷物を担ぎ続けるのかもしれない。ルームメイトの何人かが言っていたとおり、一生ここから出られないのかも。

それともこれはやっぱり夢で、かけっぱなしの扇風機《せんぷうき》から弱風を浴びて、フローリングの床《ゆか》で昼寝《ひるね》中なのか。胸にはわんこが乗っていて、そのせいで悪夢を見ているとか。

ぶっても蹴《け》っても抓《つね》っても、夢は一向に終わらなかった。

心の片隅《かたすみ》の卑怯《ひきょう》な部分では、この一瞬《いっしゅん》だけを耐《た》え抜《ぬ》けば、誰かが助けに来てくれると信じていた。自分自身では何一つできなくとも、あと少し、あと一往復だけ頑張《がんば》れば、コンラッドが姿を現すのではないかと、つまずくたびに目を凝《こ》らした。とりあえずおれはあと何日かは生き延びられるけど、監獄《かんごく》とやらに送られたグウェンダルは明日をも知れぬ状態なんだ、そう思い出したのはずいぶん後だ。身勝手さに耳が熱くなる。

いいよ、先にそっちに行ってくれ。

先に実の兄を救出してくれ。

おれはまだ、あと一週間は粘《ねば》れそう。プロ球団の地獄《じごく》のキャンプ体験中だと思えば、辛《つら》い基礎《きそ》トレも我慢《がまん》できる。

「くそ……でも、いらない、筋肉が、ついちゃいそう、だなっ」

私を野球につれてって、と、せめてリズムと鼻歌だけでも繰《く》り返しながら、肩《かた》に食い込む石の袋を宿舎よりも立派な倉庫に運ぶ。

風呂《ふろ》と朝飯と水さえあれば、もう少し元気でいられたろうに。

僅《わず》かな水分を与《あた》えられるだけの昼休憩《きゅうけい》を過ぎて、一日で最も日射しがきつくなった頃《ころ》、おれは看守にシャツを摑《つか》まれ、事務所とおぼしき小屋前に連れて行かれた。

「毛色の違《ちが》う新参者がいると聞いていたが、それか？」

ウッドデッキでロッキングチェアに揺《ゆ》られつつ、赤っぽい液体入りのグラスを傾《かたむ》けるという、憧《あこが》れのリゾート満喫《まんきつ》姿でテラスから語りかけてきたのは、髪《かみ》と眉《まゆ》と髭《ひげ》それぞれの色が違う珍《ちん》妙《みょう》な男だった。名付けてトリコロールさんか？

「そのとおりでございます、トグリコル様」

ニアピン。

男はミニサイズのジュニアを膝《ひざ》に乗せていた。六歳くらいだと思われるが、父親とは異なり髪と眉は平凡《へいぼん》な茶色。もちろん髭はたくわえていない。

暑さと空腹と脱水《だっすい》状態で、やさぐれかけていたおれは、相手がお偉方《えらがた》の一人である可能性も忘れて、ぶっきらぼうに呟《つぶや》いた。

「だれそれ」

膝にしがみついていたトリコロールジュニアが、ミュージカル子役調で歌ってくる。

「おとーさまは偉いんだよ、おとーさまはこの場所から、世界一の法石を掘り出すんだよ」

「……ああそう。じゃあテメーで穴に入って掘ってきやがれ」

女達のうち外に出ていた十数人が、射るような視線でこちらを見ていた。またしても反抗《はんこう》的な態度をとって、連帯責任にされるのを恐《おそ》れているのだろう。トグリコルは赤すぎる髭をしごき、息子に向かって問いかける。

「ネロ、あれで遊びたいか？」

「遊びたーい！」

返事の最後を言い終わる前に子供は階段を駆《か》け下りて、おれの腰にタックルをかましていた。小学一年生のオフェンスなのに、踏《ふ》みとどまれず無様に倒《たお》れ込む。我々を見守っていた全員が、自分の仕事に戻《もど》り始めた。夕飯まで差し止めくらわないうちにと、おれも荷置き場に向かいかけるが、トリコロールジュニアが足にぶら下がり、歩きにくいったらありゃしない。

「遊ぶんだよー遊ぶんだよー遊ぶんだよー」

「あーあー。おにーさんの晩飯を保証してくれるっつーならね」

「そんなの家で食べればいいよ。うちの料理人のご飯おいしーよ」

「……お抱《かか》えシェフがいるってわけだ」

予想以上に子供の腕《うで》は力強かった。路地で転ばされ泣いていたジルタを思い出す。背丈《せたけ》はそんなに変わらないのに、肩や首の太さはどうだろう。生まれた先の環境《かんきょう》が違うだけで、こんなにも差がついてしまうのか。ネロは同情を誘《さそ》う涙目《なみだめ》で、腰に抱《だ》きついて見上げてくる。

「……判ったよ、遊ぶよ」

父親が刑務所《けいむしょ》の所長なら、咎《とが》められることもないだろう。

「何して遊ぶ？　そうだな、初心に返ってキャッチボールなんかどう？」

「馬！」

咄嗟《とっさ》に周囲を見回すが、馬の姿はどこにもない。

「じゃあこの広ーい砂地に、絵でも描くかぁ。しょーがねえや、おれ美術2だけどね」

「馬！」

「……はいはい、じゃあ馬ね。馬うまっと……キリンにならないように……うわっ」

小石を拾って屈《かが》み込んだおれの背に、問答無用で乗ってきた。体格のいい六歳児の重量で、背骨が悲鳴をあげている。

「馬って、おれか？　おれが馬なの!?　ちょっと待った、それはどうかな、人間としての尊厳的にもどうかなぁっ」

「走れー！」

尻《しり》を叩《たた》いてご機嫌《きげん》だ。就学前の幼児には、人権問題も通用しない。走れユーリ、ユーリは走った。やむを得ず。走るというより膝で歩いた。これだってどこかの筋肉を鍛《きた》える効果があるだろうと、自分自身に言い聞かせながら。

なんとも惨《みじ》めなパトラッシュだ。

作業場から二百メートル程離《はな》れると、ちょうどいい高さの岩陰《いわかげ》で、異様な光景に出くわした。看守の一人が小脇《こわき》に包みを抱え、もう一人は砂混じりの土にシャベルを突《つ》き立てている。バスケットボール大の土饅頭《どまんじゆう》が、無数にある。

「なんだろう、タイムカプセルでも埋《う》めんのかな」

「違うよ」

ネロはどうでもいいことのように、おれの背中でさらりと口にした。

「だってあそこ墓だもん。きっとまた赤《あか》ん坊《ぼう》を埋めるんだよ」

「……なんだって？」

「だからー、赤ん坊を埋めるの。そのための墓なのー。大きいお山の下には大人の死体も埋まってるけどね」

墓標もなければ花もない。

おれが興味を示したので、トリコロールジュニアは得意げに、背から下りて説明し始める。

ミュージカルでベッドから飛び降りる、アニーの友人その一みたいに。

「ほんとは墓もいらないような女ばっかなんだけど、おとーさまは偉くてじひぶかいから、死んだら埋めてやるんだよ」

親の言葉をそのまま鵜《う》呑《の》みにしているのだろう。

「けどなんで、こんな場所に赤ん坊が……」

「だって女が産むんだもん」

いい加減、張り倒したくなっていたが、爪《つめ》が食い込むほど両手を握《にぎ》って我慢した。この場合悪いのは子供じゃない。そんなことを教えた父親だ。

「男をたぶ……た、ぶ、か、ら、し、た、悪い女が、ここに連れてこられてから産んだ子供が、どうせ要《い》らない子供だから、すぐに死んじゃうんだって」

「それ、母親にも言ってみな」

権力者の息子は虚《きょ》を突かれ、笑顔のままで聞き返す。

「なにを？　今のを、おかーさまに？」

「そうだ。母親もそのとおりだって言ったら、料理人にも言ってみな。料理人もそうだって言ったら、先生にも言ってみな。誰《だれ》も間違《まちが》ってると教えてくれないなら」

馬が何を言い出すのかと、子供は口も挟《はさ》めず聞いている。

「おれが教えてやるよ。その考えは間違ってる。悪い女なんて語るのは、せめて初恋《はっこい》で大失恋《しつれん》してからにしろ」

おれの場合、初めて好きになったのは、超美脚《ちょうびきゃく》を惜《お》しげもなく曝《さら》した派手な感じの女性だった。日本人なのに緩《ゆる》く波打つブロンドだ。いたいけな幼稚園児《ようちえんじ》だったおれは、ストーカーよろしく尾行《びこう》したのだが、入っていったのは銭湯の男湯だった。ニューハーフ相手に大失恋。

話をしている間にも、看守は掘《ほ》りにくそうにシャベルを使って、ちょうどラグビーボールが入るくらいの大きさの穴を掘り上げた。脇《わき》に抱えた包みを地面に下ろす。薄汚《うすよご》れた布でくるまれた、不格好な塊《かたまり》が。

「……あれ」

かすかに動いたように見えてしまった。

女達の叫《さけ》び声が聞こえてくる。顔を向けると作業場から駆け出した一団が、墓地へと走ってくるところだった。おれの部屋の牢名主《ろうなぬし》ノリカねーさんと、ルームメイト様ご一行だ。腰《こし》を鎖《くさり》で繋《つな》がれているので、単独行動は不可能だ。全員が一斉《いっせい》に向かってくるということは、連座制を覚悟《かくご》の上でのことだろう。

彼女達は声を張り上げて、二人の看守を止めている。

「ちょっと待って！　その赤ん坊はマルタの子だろう!?　四日前に産んですぐ取り上げられた

んだ。多分まだその子は生きてるって、実の母親が言ってるんだよ」

「こっちだって生きてりゃ埋めやしねーよ。泣きもしないし動きもしない、死んだから墓に入れてやろうってんじゃねえか」

追いかけてきた別の看守達が、六人がかりで女囚《じょしゅう》の鎖を引っ張ろうとする。騒《さわ》ぐ女の一人が金切り声をあげ、相手を振《ふ》り切って墓へと駆け寄ろうとする。

「こいつッ！」

施設《しせつ》の支配者であるトリコロールが何人ものお供を引き連れて、散歩みたいなのどかな足取りでやって来た。警棒やシャベルで打ち据《す》えられている入所者を、髭をしごきながら眺《なが》めている。

「あの猿《さる》は何を叫んでいるんだ？」

何だと？　こめかみが短く引きつるが、おれにしては驚異《きょうい》的な自制心で即座《そくざ》に気持ちを落ち着かせた。新参者が下手に頭を突っ込んで、いっそう複雑にしてもまずい。媚《こ》びへつらった作り笑いで、腰の低いお供が答えている。

「自分の赤子はまだ生きているから、返せと申しておりますので」

「生きている？　ふん」

短気で得をしたことはない。ついでにいうと持って生まれた小市民的正義感でも、いい目を見たことなど一度としてなかった。どうにかして冷静さを保ち、この場をうまいことやり過ごすんだ。だって、ここにはコンラッドもギュンターも、おれの味方は誰一人としていない。グウェンダルやヴォルフラムはそれぞれ我が身の危機だろう。

だがトグリコルの次の言葉は、両手を握って唇《くちびる》を噛《か》むおれの理性を、軽く吹《ふ》き飛ばしてくれやがった。

「生きていようが死んでいようが同じことだろう」

ブルース・ウィリスの髪《かみ》がまだ豊かだった頃《ころ》、彼は一人きりでテロリストと対決していた。金曜の九時にテレビをつけっぱなしで、ミカンの筋を馬鹿丁寧《ばかていねい》に取っていたおれに、親父《おやじ》はしみじみとこう言った。

「やっぱり独りじゃ、難しいよなあ」

敵は圧倒《あっとう》的多数、近くに味方は誰もいない。たった一人で何が出来る？　返り討《う》ちに遭《あ》うのが関の山だ。

でも。

「ちょっと待てよ、お前等……」

一人きりで抵抗《ていこう》するのは難しい。でも、困難と不可能の間には、少なくとも一歩は差がついている。

「……生きてると死んでるは同じじゃないぞ。それにもう亡《な》くなった子供だとしても、死者に対する敬意ってもんが必要だろ？　母親の前できちんとお経《きょう》をあげて、お別れさせてやるのが筋ってもんだろ。ちょちょいと穴掘って終わりだなんて立派な所長のすることじゃないよ！」

「この新参者は何だ？　説教師か？」

「よさんかキサマ、営倉送りだぞ！」

薄《うす》ら笑いを消した腰巾着《こしぎんちゃく》が、大慌《おおあわ》てで黙《だま》らせようと飛びかかってくる。腰を曲げて奴等《やつら》の腕《うで》から逃《のが》れ、トグリコルの正面へと詰《つ》め寄った。

「いーや、よさないね、言わせてもらうね！　そもそもアンタ、不適切な関係に陥《おちい》ったからって、女性だけが一方的に悪いってどーいうこと!?　恋愛もエッチも相手があってするもんなんだからさ、喧嘩《けんか》両成敗じゃねーけど、お咎《とが》めも半々でいいはずだろっ。なのに何だよこれ、こんな過酷《かこく》な収容所だかに、まるで重罪犯した囚人みたいに、女の人だけ閉じこめられるってどういうこと!?」

ここまできたら、もうどうにも止まらない。トルコ行進曲は佳境《かきょう》で鍵盤《けんばん》連打状態だ。

「男女平等は職場だけの話じゃないんだぜ!?　人生においてあらゆるところで平等なの！　その上もっと重要な基本的人権てヤツがあって、査察が入ったらあんたの首なんて五十回飛んでも収まらないぞ!?」

トグリコルは横目でおれを見ただけで、すぐに視線を騒動《そうどう》の中央に戻《もど》してしまった。

砂埃《すなぼこり》の舞《ま》い上がる乾《かわ》いた地面では、新たに加勢した女達が泣き叫び、それ以上の数の看守が凶器《きょうき》を振るっていた。茶色い髪を振り乱《みだ》し、背の低い女が金切り声をあげて腕を伸《の》ばす。服を摑《つか》まれては無惨《むざん》に転び、また立ち上がっては進もうとする。

「生きてるの！　生きてるの！　判るんだよあたしには！　あたしの子供だから」

喋《しゃべ》れなくなったはずのマルタだった。

同僚《どうりょう》が暴徒を抑《おさ》えている間にさっさと仕事を済ませてしまおうと、最初の看守が包みを持ち上げ、縦に深い墓穴に投げ込もうとする。

「あ」

錯覚《さっかく》かどうかを確認《かくにん》するより先に、おれの両足はスタートを切っていた。

動いた。

ほんの僅《わず》かで、風の悪戯《いたずら》かもしれないが、突《つ》き出た赤黒い何かがぴくりと身動《みじろ》いだ。

「待っ……」

宙に放たれた白茶の塊は、破れた布がなびく残像を見せつけて、スローモーションで落ちてゆく。穴は計算したかのような大きさで、新しい主を飲み込もうと待ち受けている。

おれは精一杯《せいいっぱい》両腕を伸ばす。布から目を離《はな》さない。砂が肘《ひじ》と二の腕を容赦《ようしゃ》なく焦《こ》がすが、基本に忠実なヘッドスライディング。

辛《かろ》うじて指先が包みに届く。一気に引き寄せて抱《かか》え込む。

「……動いたんだ」

確かに動いたんだ。しかも薄い繊維越《せんいご》しに、微《かす》かな温《ぬく》もりが伝わってくる。

「あったかいよ、まだ。まだ死んでないんじゃねーのか!?　この子まだ生きて……」

言葉にできない感情に震《ふる》える指先で、外側の布を外しかける。女達は息を呑《の》み、動くことも忘れていた。マルタだけが涙《なみだ》と掠《かす》れ声で祈《いの》っている。

正座をした膝《ひざ》の上には、生温かく軟《やわ》らかい物体が乗っている。最後に絡《から》まった一枚を、恐《おそ》る恐る捲《めく》り取った。

衝撃《しょうげき》と絶望と困惑《こんわく》で、思考能力が一瞬途《いっしゅんと》切《ぎ》れる。

「……何をした？」

赤《あか》ん坊《ぼう》は微かに息をしていた。赤黒く皺《しわ》の寄った薄い胸が、僅かながらも規則的に上下していた。両眼も口も閉じたままで、皮膚《ひふ》はすっかり乾いている。握《にぎ》った両手も動くことはなく、左腕だけが腹の脇にくっついていた。右腕と右足は、奇妙《きみょう》な方向に曲がっている。

「この子に何をしたんだ!?　なんてこと、なんてことを……」

泣き声もない。

男達から逃れた母親が、おれの腕から息子を取り戻した。円の中に追い込まれた女達に、卑《ひ》劣《れつ》な凶器が振り下ろされる。

なんてことを。

胸にある魔石が熱を放ち、吸い込む酸素が揺《ゆ》らめいた。頭蓋《ずがい》の奥のどこかから、微《び》電流がシナプスを駆《か》け抜《ぬ》ける。

脊柱《せきちゅう》を這《は》い上がる衝撃が、鼓動《こどう》と重なって聴覚《ちょうかく》を苦しめた。その重低音と耳鳴りの高音が、耐《た》え難《がた》い激しさでせめぎ合う。

「……女や子供ばかり……こんな目にあわせて……」

黄色ばかりの視界のはずが、真っ白な煙《けむり》が弾《はじ》け広がる。

スポーツ・ハイにも近いような、絶頂感と恍惚感《こうこつかん》。

脳細胞《のうさいぼう》のたった一つが、この上なく美しい人の名を記憶《きおく》している。

あなたを……。

あなたって、誰《だれ》？

その先は、わからない。

9

反対側のゲートも計算に入れると、軽く二百は超《こ》すだろう。

収容されているのは女ばかりで、婚姻《こんいん》関係の法を犯した者が中心だという。

「それにしては警備が厳重すぎないか？」

身を屈《かが》めて斜面《しゃめん》を滑《すべ》り降り、黙りがちの三男の元に戻る。眉間《みけん》に細い皺を寄せ、腕組《うでぐ》みをして背後の木に寄りかかろうとしていた。恐らくこの施設《しせつ》にも大量の法石があって、魔力の強い者を苛《さいな》んでいるのだろう。頭が痛いと言っていたが、数に入れてもいいものかどうか。

「無理なら早めに言ってくれないと。庇《かば》ってやってる余裕《よゆう》はない」

「見くびるな。充分《じゅうぶん》戦える」

「そりゃよかった」

グウェンダルの脱獄《だつごく》にも、最低限六人は割《さ》く必要があった。結果として僅か十五の戦力で、二百を相手に渡《わた》り合わなければならない。これだけ数で劣《おと》っていると、後はもう極端《きょくたん》な揺動、攪乱《かくらん》しかない。

「……ヴォルフ」

「なんだ、しつこいな！」

「寄り掛《か》かってるの、サボテンだ」

悲鳴をあげてから両手で口を押さえる。服の上から二、三十本、頑丈《がんじょう》な針が刺《さ》さっていた。

「そういうことは早く言えっ」

「知ってるだろうと思って」

夜を待つ緊迫《きんぱく》した状況《じょうきょう》にもかかわらず、コンラッドは思わず苦笑《くしょう》した。腕組みをしている姿とか、怒《おこ》ったときの眉間の皺が、どこか兄に似て見えたからだ。

「まだ気にしてるのか？」

「何を」

「とぼけなさんな、陛下とグウェンのことだよ」

「今はそんなこと思ってな……」

言葉の後ろを遮《さえぎ》って続ける。

「そんなに心配しなくても、あの二人の相性《あいしょう》の悪さは知ってるだろ。もう少し陛下を信じてさしあげないと、いつか本気で嫌《きら》われるぞ」

「だから心配などしていない！」

「ならいいけど。それにもしそんな雰囲気《ふんいき》になっちゃったとしても、相手が陛下じゃ何も起こりようがないだろう」

あの鈍感《どんかん》さは称賛《しょうさん》に値《あたい》する。

声まで不機嫌《きげん》な短調で、美少年ぶりが台無しだ。

「……なんでそんなに理解してるんだ」

「なにを、ああ、陛下の性格を？　生まれる前からのファンだから」

便利な単語で片付けたように聞こえるが、嘘《うそ》が隠《かく》されているわけではない。一途《いちず》な異父弟を騙《だま》すつもりも、自分の感情に名前を付ける理由もなかった。

「しかも、なんであの女を助けてやるんだ？　あんな人間、どうなろうと知ったことじゃないのに」

「ニコラは情報をくれた」

彼女がいなかったら二人の行方《ゆくえ》は判らなかったかもしれない。或《ある》いは彼等が自力で足跡《そくせき》を辿《たど》れたとしても、おそらく倍は時間がかかっていただろう。それだけの働きはしてくれたし、何より彼女は眞魔《しんま》国に行きたがっている。

兵の一人の馬が長閑《のどか》に鼻を鳴らした。尻尾《しっぽ》で虫を追っている。

「でもあの娘《むすめ》は、ゲーゲンヒューバーの恋人《こいびと》だぞ!?　あいつさえいなければ今頃《いまごろ》お前は、ウィンコットの城主になっていた！」

「それは、そんなに重要なことじゃない」

「では、ジュリアの生命《いのち》が失われたことは？　それも重要ではないというのか!?」

「ヴォルフラム」

そういえば、この母親似の弟が生まれたとき、真っ先に自分が抱《だ》かせてもらったのだ。国を離れていた兄と、よそよそしく病室にさえ近付こうとしなかったフォンビーレフェルト卿《きょう》に代わり、毎日相手をさせられた。次兄が半分は人間なのだと知らされて、憧《あこが》れと尊敬の対象が、非の打ち所のない長兄へとうつるまでは。

コンラッドは豪快《ごうかい》に鞘《さや》を振《ふ》って、細かい砂粒《すなつぶ》を落とそうとした。

「昔のことだよ。何もかも。それにもしヒューブが事を起こさなかったとしても、俺と彼女は……それにしても意外なのは、どうしてニコラと恋に落ちたかだ」

よりによってあの人間嫌《ぎら》いのゲーゲンヒューバーが。

「まあ、お前だって同じようなものだけど」

「はぐらかすな！　ヒューブの罪を許すのか？　だから奴《やつ》の妻を国に入れ……」

「そうじゃない」

会って言われたわけではないが、ユーリならきっとそうしたがるだろう。魔族を愛した女性達を、喜んで国へと受け入れる。

ウェラー卿は軽めの剣《けん》を鞘に戻《もど》し、塀《へい》のずっと向こうを眺《なが》めて目を細めた。

「望みどおりにしたいんだ」

傾《かたむ》きかけた太陽が、赤味を増して影《かげ》を伸《の》ばす。宵闇《よいやみ》の加担なしに勝てるなら、今すぐにでも攻《せ》め込みたかった。

「位置関係をもう一度検討しよう、三人ずつで心許《こころもと》ないのは仕方がないとして……なんだ？」

門を固めていた警備兵が、不意の報《しら》せにざわめいた。充分な大きさの岩陰《いわかげ》だから、こちらの気配が察知されたとは思えない。

高い塀の内部から、爆発《ばくはつ》音と悲鳴が流れてくる。外壁《がいへき》にはり付いていた兵達が、次々と内部に戻り始めた。

「何かあったらしい。暴動か、反乱か……陛下の身に危険が及《およ》ばなければいいが」

「……違《ちが》う」

右手で顔の半分を覆《おお》ったヴォルフラムが、地面に膝《ひざ》をついて俯《うつむ》いた。

「……こんな法力に満ちた場所で……強い魔力が操《あやつ》れるはずが……」

「判るのか？」

「魔力が発動してる。強大で、しかも凶悪《きょうあく》な……もしかすると醜悪《しゅうあく》な感じの……待てよこれは、以前にどこかで」

彼等は三日三晩うなされそうな、恐《おそ》ろしい光景を思い出した。ありとあらゆる生き物の骨が動き回る様は、さながら地獄《じごく》絵図だった。

「まさか、陛下……」

「まさかじゃない。絶対だ」

様子を見に行きたくて気も漫《そぞ》ろな兵隊から計画どおり制服を奪《うば》い取る。肩透《かたす》かしをくらうほど易々《やすやす》と、彼等は敵地に潜入《せんにゅう》できた。

小高い岩山を回り込んだ反対側で、悲鳴と怒号《どごう》は起きていた。

「……やっぱり」

軍服の袖《そで》が余っている三男は、あきれたように呟《つぶや》いた。

大小取り混ぜた土の盛り上がりが、土地の一角に集まっていた。花も墓標も設《しつら》えられていないが、あれは恐らく墓だろう。

その場所を背中に庇うように、魔王陛下は仁王《におう》立ちだ。

少々やつれてくたびれてはいるが、大きな怪我《けが》はなさそうだ。コンラッドは安堵《あんど》の溜息《ためいき》をつく。ヴォルフラムはすぐにでも駆《か》け寄って、抱きつきたそうな顔をしている。だがこの状態のユーリ様に、迂闊《うかつ》に触《さわ》ると大変だ。

例によって瞳《ひとみ》はらんらんと輝《かがや》き……。思わず様をつけて呼んでしまう。

「あ、なんか目から飛んだぞ」

「……あーあ、コンタクトだ」

インスタントでヘーゼルアイにしていたことを、二人同時に思い出す。よりによってこんな瞬間に、両眼の黒がばっちり全開だ。

もうこうなったら歌舞伎《かぶき》でも観《み》るつもりで、腰《こし》を据《す》えて待つしかない。

女達は怯《おび》えて誰《だれ》一人動けない。兵と役人はどう攻めたものかと考えているようだが、全方向三六〇度、一分の隙《すき》も見あたらない。

地の底から蛟《みずち》でも駆け昇《のぼ》ってきそうな、細かい震動《しんどう》が近付いてくる。最初は足の裏でしか感じなかった揺《ゆ》れも、ついには腹まで響《ひび》いてきた。

「……無償の愛に命を捧《ささ》げ、健気《けなげ》にも男を信じた女に対し、褒《ほ》めるどころか鞭《むち》打って冷酷《れいこく》非道な国家の仕打ち……」

時代劇俳優顔負けの役者口調。

「ともに逃《に》げんと誓《ちか》った者も、我が身かわいさに女を売ったという。そもそも男女のわりない仲は、おなご一人では為《な》し得ぬもの。だのに、か弱き身ばかりに罪を背負わせ、寄場送りとは何事か！」

丹田《たんでん》を痺《しび》れさせていた縦揺れが、一瞬だけ静まった。

「互《たが》いの慕情《ぼじょう》をもってしか、罪と罰《ばつ》とは定められぬというのに、愛し恋《こ》ひ渡《わた》る二人を裁くのが理も弁《わきま》えぬ白もひかん！　別れろ切れろは芸者の時にいう言葉、白もひかんごときに強《し》いられるものではないわ！」

「あれ、なんか新しい小芝居《しばい》が混ざったみたいだな」

のんびり呟く次男の向こうで、息子の馬役の変貌《へんぼう》ぶりに呆気《あっけ》にとられたトリコロール氏は、自慢《じまん》の赤髭《あかひげ》をしごくのも忘れ、目を見開いて立ち尽《つ》くしている。

「しかも更生《こうせい》を謳《うた》った施設《しせつ》では、体罰《たいばつ》、暴力、極悪待遇《ごくあくたいぐう》。人としての尊厳さえ奪われて、唯一《ゆいいつ》の支えである赤子までも、生きながらにして地中に埋《う》める、地獄《じごく》の鬼《おに》さえそっぽを向くであろう残虐非道《ざんぎゃく》ぶり……」

天を指した右腕《みぎうで》を派手に振り下ろし、ユーリの食指は真《ま》っ直《す》ぐにトグリコルを狙《ねら》った。髪《かみ》と眉《まゆ》と髭の三色が異なる男は、短く叫《さけ》んで腰を抜《ぬ》かす。

「その行状、すでに人に非《あら》ず！　物を壊《こわ》し、命を奪うことが本意ではないが……やむをえぬ、おぬしを斬《き》るッ！」

斬ると言ってはおきながら、得物《えもの》が刀ではないところがミソだ。

ぼこりと不気味な音がして、全員の視線が一斉《いっせい》に墓地に注《そそ》がれた。

小心な者は気を失い、頑丈《がんじょう》な男どもも悲鳴をあげた。

以前に死体が埋められた地中から、夕日をも鷲摑《わしづか》みにせんという未練がましさで、曲がった指と土色の腕が突《つ》き出したのだ。まず一本、続いて二本、離《はな》れた土饅頭《どまんじゅう》からもう一組、更《さら》に続々と仲間達が、腕を抜いては地面につき、ついには胸や腰まで伸び上がる者も現れる始末。

「うわ」

付き合い慣れたヴォルフラムでさえ、趣味《しゅみ》の悪さに息を呑《の》む。

「し……死人《しびと》だ。あいつ死人使いだったのか⁉」

解りやすくいうと、ゾンビ。ゾンビの半身浴？

「成敗ッ！」

上半身まで土から出た者達は、親分の号令でYMCAのY状態に腕を広げ、ワカメみたいに揺れ始めた。

この上もなく、グロテスク。当然、現場は阿鼻叫喚《あびきようかん》なのに、ユーリ本人の足下には砂に書かれた漢字二文字が。

すごい「正義」もあったもんだ。

「違《ちが》うな、死人じゃない。人間の腕に見えるが……砂と土だ。泥人形かな、厳密にいうと」

「あれが泥人形か⁉　おいあれが……なんだ⁉　ががが合体するぞ⁉　こんなおぞましい魔術《まじゅつ》は見たことがないっ！」

「その言葉は聞いたことがあるけど」

死霊《しりよう》の海藻盆踊《かいそうぼんおど》りをしていたゾンビ達が、瞬《また》く間に融《と》けて流れて集まって、巨大《きよだい》な人型になり始めた。最終的なサイズはウルトラマンくらいだ。一歩進むだけで地表の人間は逃げ惑《まど》う。踏《ふ》み潰《つぶ》されてはたまらない。

「陛下、ついに特撮《とくさつ》ヒーローものの技《わざ》まで学ばれたんですね」

「かかか感心してる場合かコンラートっ」

子供達は大喜びのはずだが……所長の息子は恐怖《きょうふ》のあまり粗相《そそう》をしていた。操るロボットが表面ダレダレのゾンビ風泥巨人では、幼児の膀胱《ぼうこう》は耐《た》えられまい。

「よーし、腕を前から横へ伸ばしてー手足の運動ぉー」

操縦者・ユーリの命令は、何故《なぜ》かラジオ体操調。

泥巨人が忠実に動く度《たび》に、重労働の舞台《ぶたい》であった採掘《さいくつ》現場は崩《くず》された。もはや入り口の穴も見えない。舞《ま》い上がる砂埃《すなぼこり》と土砂《どしゃ》ばかりだ。

異常な興奮に囚《とら》われたトグリコルが、這《は》いつくばって逃げながら叫ぶ。

「悪魔だ！　奴《やつ》は地獄の使者だーッ！」

「地獄の使者だと!?　余の顔を見忘れたか」

最強モードのユーリの台詞《せりふ》に、兵と女の大半が平伏《ひれふ》した。誰《だれ》だか知りもしないくせに。

「さて、どうやって止めようか」

「ぼくに訊《き》くなぼくにっ。ああああー動いてる！　動いてるそばから皮膚《ひふ》が融けて流れて落ちていく、でも砂だから土に還《かえ》れる」

エコマークつき。

逃げ惑う人々を蹴散《けち》らして、鼻息荒《あら》く軍馬が駆けてきた。泥巨人の足を掻潜《かいくぐ》り、馬上の人物はユーリの近くで飛び降りた。躊躇《ちゅうちょ》なく歩み寄り、左手で襟首《えりくび》を絞《し》め上げる。

「兄上!?」

満身創痍《まんしんそうい》のフォンヴォルテール卿《きょう》には、弟の呼びかけさえ届かない。

「なにを、して、いるっ」

腹に据えかねたという声だ。

「何人か殺さなければ気が済まんのか？　ええ？」

「そなたが何者かは……存ぜぬが……」

「この辺りで止《や》めておけ。いいなユーリ、この馬鹿《ばか》げた人形を戻《もど》せ」

首を摑《つか》まれ揺さぶられて、脳震盪《のうしんとう》を起こしかけている。

「身を挺《てい》してまで余を諫《いさ》めようとは天晴《あっぱ》れな覚悟《かくご》。致《いた》し方ない、この場はそなたの忠心に免《めん》じて……場を収め……よう……」

ふにゃりと彼が脱力《だつりょく》する。

三男がまた、謂《いわ》れのない怒《いか》りに囚われているので、ろくに力の残っていないグウェンダルに代わり、コンラッドはユーリの身体《からだ》を引きうけた。

「ギュンターにも見せてやりたかったなぁ」

あらゆる意味で、絶叫《ぜっきょう》だろう。

10

おれの中ではその間ずっと、美しく青きドナウが流れていた。

それも荘厳《そうごん》なヨハン・シュトラウス交響楽団《こうきょうがくだん》バージョンではなく、どっかの会社のお客様サポートセンターで、回線混雑中に延々と聞かされるチープなやつ。

皮膚に刺《さ》さるほどだった日射《ひざ》しも和《やわ》らいで、屋根のないところに寝《ね》ていても、日焼けで苦しむ心配もない。夜の訪《おとず》れとともに気温は急速に下降して、肌《はだ》を撫《な》でる冷たく弱い風が、おれの意識を呼び戻す。

緩《ゆる》やかに前後に揺れているのは、トリコロール所長が残していったウッドデッキとロッキングチェアのせいだった。睡眠《すいみん》時間が足りないせいで、くっついて離れようとしない両の瞼《まぶた》を、ゆっくり慎重《しんちょう》に持ち上げる。乾燥《かんそう》していてひどく痛んだ。

「……なに」

月と星の明かりで輝《かがや》く金色の糸が、真っ先に視界に飛び込んできた。それを綺麗《きれい》だと思う間もなく、頭越《ご》しに怒鳴《どな》りつけられる。

「どうしてお前はいつもこうなんだ⁉」

「……ヴォルフ……」

「なんだ！」

「み、水くれ」

著《いちじる》しく期待を裏切ったらしく、整った眉を一気に吊《つ》り上げて、おれの頭を鷲摑《わしづか》む。

「がぷ」

「死ぬほど飲めっ！」

膝《ひざ》に置かれた洗面器へと、後頭部を押さえて突っ込まれ、あまりの苦しさに口ばかりでなく、鼻からも耳からも飲んでしまった。

「……ぶはッ……ほん、ほんとに死ぬっ、ほんとに死んじゃうから、勘弁《かんべん》してッ」

「ぼくがどれだけ心配したか判るか!?」

顔のいい人に怒られると、たとえ悪くなくとも受けるダメージは計り知れない。ましてや今回の自分のように、我が儘《まま》で周囲を振り回したと罪悪感を持っていれば尚更《なおさら》だ。

「ヴォルフラム、なんでここにいんの？　コンラッドは……そうだ、グウェンだよ！　早く助けに行かないと、こんなことしてる間にも、グウェンダル処刑《しょけい》されちゃうかもっ」

「兄上は無事に脱獄《だつごく》した！　質問に答えろ。ぼくがどれだけ心配したか、判るのか」

相手が同性と理解していても、これだけの美少年に詰《つ》め寄られると、不覚にもときめいてしまったりする。有効な解決策は八十二歳と念仏みたいに繰《く》り返すことと、正面から顔を見ないこと。

微妙《びみょう》な角度で視線を逸《そ》らし、闇《やみ》に隠《かく》れ始めた周囲を盗《ぬす》み見る。働かされていた女性達も、追い立てていた看守もいない。どんな奇跡《きせき》が起こって皆《みな》が解放されたのか、寝ていたおれが知る由《よし》もない。きっとまた恐《おそ》ろしいことをやらかして、関係者を青ざめさせたのだろう。どれだけ心配されたのか。

「……判ってるよ、ちゃんとわかってるって。おれも同じくらい心配したから、どんな気持ちだったかは判るって」

「お前はいつも口先ばかりだ。そのまま座っていろ、何か喉《のど》を通りそうな物を探してやる」

日向《ひなた》の匂《にお》いのする布を顔に向かって投げつけてから、事務所か所長室だった小屋へと足音荒く戻ってゆく。最後の食事がいつだったのかも、おれの記憶《きおく》には残っていない。あの日、朝飯抜《ぬ》きだったから……そうだ、朝食抜きに付き合わされてしまった運の悪いルームメイトはどうなっただろう。姉御肌《あねごはだ》で牢名主《ろうなぬし》のノリカねーさんや、マルタと瀕死《ひんし》の赤《あか》ん坊《ぼう》は？

「おれ、どれだけ眠《ねむ》ってたんだ？」

答えてくれる相手を求めて、軋《きし》む階段を一歩ずつ下りる。遠くで小さな炎《ほのお》が瞬《またた》いている。あれは墓地のあった方向だ。人魂《ひとだま》か鬼火《おにび》なのではと怯《おび》えながらも、そちらに向く足取りを止められない。揺《ゆ》らめく灯《あか》りは時々動いて、地面すれすれまで高度を下げたりしている。い、生きてるのか？　生きてるのか？

近付くと薄闇《うすやみ》の中にも人影《ひとかげ》が見えた。少なくとも鬼火ではないわけだ。だがあんな、墓しかない場所で、することといったら二つだけ。お墓参りか、甦《よみがえ》りか。

「復活、してるということは……ゾンビ⁉ なあそこ、もしかしてゾンビさんなのか⁉ だとしたらおれ特に危害は加えませんからッ！ ナイストゥーミーチューで、ハブアナイスウィークエンドだからっ」

だんだん、長嶋《ながしま》さんみたいになってきた。

「陛下ですかー？」

ヘイカデスカもないもんだ。散々ビビらせてくれた正体は、松明《たいまつ》を手にしたコンラッドだ。彼の照らす地面にもう一人、脇目《わきめ》もふらず土を掻《か》く者がいた。

「もしかして、ノリカねーさん？ こんな夜にこんなとこ掘《ほ》ってどーしたの」

「探《さが》し物ですよ」

コンラッドはいつもどおりに肩《かた》を竦《すく》め、何の問題もなさそうに微笑《ほほえ》んだ。原始的な照明を高く掲《かか》げ、四方の様子も見せてくれる。

「ほら、もうここしか残ってないので」

整然と並んでいたはずの盛り上がりは、一ヵ所を除いて掘り返されていた。なんという悪質で大規模で、怖《こわ》いもの知らずの墓荒《あ》らしだろう。神をも恐れぬ行為《こうい》の犯人は、生涯呪《しょうがいのろ》われても文句はいえまい。

一心不乱な彼女を手伝おうと、強《こわ》ばる筋肉を騙《だま》し騙ししゃがみ込む。

「いいんだよ、あたしの子供だから。あたしが一人で捜すんだから」

「子供って……」

ねーさんは僅《わず》かに顔を上げると、おれの眼《め》を覗《のぞ》いて薄《うす》く笑った。違和感《いわかん》がないので気付かずにいたが、コンタクトはとっくに外れているらしい。

「ありがとう。マルタの赤ん坊を助けてくれて。それに多分、あたしたちのために、あいつらを懲《こ》らしめてくれてありがとうね」

しまった！　またしてもやっちまったのか。保護者兼《けん》重要証人のウェラー卿は、例によって、と唇《くちびる》だけを動かした。

「あんた本当は、マーボーなんて名前じゃないんだね」

「おれが怖くないの？　今まで会った普通《ふつう》の人間は、黒は不吉《ふきつ》だって大慌《おおあわ》てだったけど」

「怖いものですか」

砂と土がこびり付いたままの指で、彼女はおれの頰《ほお》に触《ふ》れた。日に焼けて小麦色の頰を緩めると、目尻《めじり》に笑い皺《じわ》ができた。

「もっとよく見せて。お願い、灯りを近づけて。ああ本当だ、ほんとに深く澄《す》んだ黒をしてる。こんな綺麗な瞳《ひとみ》は見たことないよ。あの人は王都で一度だけ、ずっと昔の賢者《けんじゃ》様の肖像画《しょうぞうが》を見たんだって。その絵がどんなに気高く美しかったか、何度もあたしに話してくれた。あんたみたいに知性を持った黒の瞳と、同じ色の艶《つや》めく髪《かみ》をしていたんだってさ」

「あの人って……」

「あんたたちと同じ、魔族《まぞく》だったの」

見知った顔の兵がコンラッドに報告に来て、短い返事を貰《もら》って持ち場に戻《もど》っていった。ノリカは再び手を動かし、爪《つめ》が剝《は》がれるのも構わずに掘り始めた。

「シャベル取ってくるからさ」

「いいんだよ。この手で掘りたいの。自分の手で、自分の産んだ可愛《かわい》い息子を捜してやりたいの。死産だったって聞かされて、顔も見せてもらえずに諦《あきら》めたけど……もしかしたらマルタの赤ん坊みたいに……どのみち十年も前の話。けど此処《ここ》から出られるときには、必ずあの子も連れて行こうって決めてたんだ……骨の一欠片《ひとかけら》でもかまわない。砂の一握《ひとにぎ》りでもかまわない」

恐らくニコラと同じように、彼女も魔族を愛したのだろう。それを誰《だれ》かに知られてしまい、不実な関係と罵《ののし》られ、こんな場所に送られた。間違《まちが》っているのは彼女達ではなく、差別と偏見《へんけん》に凝《こ》り固《かた》まった大衆だったのに。

「俺やヨザックは、運がいい」

コンラッドが、ほんの少しの間だけ天を仰《あお》いだ。

「この場所には、同じ運命を辿《たど》った子供や女が、数え切れないくらい眠ってたんですよ。全員が我々の関係者というわけではないですが、先程の光景を見た限りでは、誰もが解放を願っていたんでしょうね」

「それで解放はされたのかよ」

「多分。生きた者も、死んだ者も。困ったことに警備兵も全員逃走《とうそう》したので、もうすぐ追っ手が編成されると思われます」

松明をノリカの手元に向けているから、彼の表情は目では見えない。

「でも嬉《うれ》しそうだ」

「そんな声してますか？」

「違《ちが》うって」

あんたがどんな顔してるのか、おれは見なくても判るんだって。

「大規模な追撃《ついげき》隊に追いつかれないように、夜のうちにこの場所を離《はな》れたいんです。グウェンダルが部下に準備をさせていますから、陛下も……」

「皆はどうなった⁉」

ノリカが指先に何かを見つけ、小さく叫《さけ》んで掘り出した。

「ここで酷《ひど》い目にあってた女の人達だよ。腰《こし》に鎖《くさり》なんかつけられて、狭《せま》くて暑い穴に入らされてた女性達だ。魔法の石だか金儲《かねもう》けの元だか知らねーけど、彼女達はいいように利用されてたんだよ。みんな実家に戻れたかな」

「門を開いて一時だけでも自由にした。俺達にできるのはそこまでです。あとは彼女達本人が、自分で心を決めるしかない。この先どうやって生きてゆくかは、自分自身にしか決められないんです。生まれ育った土地に戻っても、また追われて捕《と》らえられるかもしれない。あるいは家族や理解者の協力を得て、平穏《へいおん》無事に暮らせるかもしれない。いずれにしろ選ぶのは彼女自身、俺達には強要することはできません。それでですね」

彼らしくなく言い淀《よど》み、体重をかける脚《あし》を左右入れ替《か》えてからわざと深刻な顔をつくる。どうせ答えを知っているくせに、もったいぶった物言いで焦《じ》らしてきた。

「……魔族と恋愛《れんあい》関係にあったというご婦人方が、十四人ほどいるんですが。彼女達は一様に、その一、夫であった者の祖国を拝みたいと言っているんですね」

「一緒《いっしょ》に戻ればいいじゃん！　おれたちと。いいよ、そうしよう。眞魔《しんま》国にはツェリ様がいるからさ、自由恋愛主義同盟で保護してもらえるよ！　何より王様が許可してるんだから、こんな無体な扱《あつか》いは絶対にさせない。責任もって連れてくよ、砂《さ》漠《ばく》の大脱《だっ》走《そう》」

「陛下、ギュンターに成り代わって申し上げますが、時には熟慮《じゅくりょ》なさることも大切ですよ。それから、こっちは俺の意見として言うけれど……」

ヴォルフが向こうで叫んでいる。食べ物を探してくれたらしい。おれがコンラッドと一緒なのを見ると、地団駄《じだんだ》っぽく走り出す。

「……動物的勘《かん》が大正解のケースもある」

「じゃあ野性の勘に従っとこうぜ」

「野性ですか」

押し殺した嗚咽《おえつ》が聞こえて、おれは一瞬《いっしゅん》、恐怖《きょうふ》で身を竦ませた。何しろ足の下は墓地だから、啜《すす》り泣く者といったら限られている。しかし実際には幽霊《ゆうれい》でもヴァンパイアでもなく、我が子を捜していた母親だった。

「いないのよ……身体《からだ》どころか骨も髪もない……あの子がいたって痕《あと》が何もないの」

「もう、十年も経《た》つからね」

慰《なぐさ》めようにも、陳腐《ちんぷ》な言葉しか思いつかない。肉体がどれくらいの年月で土に還《かえ》り、魂《たましい》がどういうルートで天国に向かうのか、科学も生物も宗教も学んでいないので、うまく説明できなかった。

ずいぶん深くまで達した穴に手を入れてみると、昼間の地表の熱はどこへやら、震《ふる》えがくるほど冷たかった。指先にかちりと何かが当たる。

「なんだろ、これ」

爪の先で引っ掛《か》けて持ち上げる。細長く、所々に出っ張りがある。骨にしてはあまりにも手《て》触《ざわ》りが滑《なめ》らかだ。長いのと小さい三角形と、二種類あった。

「それはあたしも見付けたけど、そんなの息子じゃない。ただの筒《つつ》だもの。人間の一部じゃないもの」

筒。

一部。

細長い筒で何かの一部。

「まさか⁉」

まさかまさかまさか⁉　こんなところに⁉

ダンジョンも中ボスも宝箱もなく⁉

おれは胸のポケットから、親指よりいくらか太めの焦《こ》げ茶《ちゃ》の筒を取り出した。流れ流れて寄場送りとなるまでに、ボディーチェックもあったのだが、武器とも認められなくて、没収《ぼっしゅう》されずに済んだのだ。前に三つ後ろに一つの穴を持つ、懐《なつ》かしさを感じる十センチほどのパーツ。

そして土にまみれているのは、出っ張りのある長い物と三角のパーツ。

「こっ……このオフホワイトと焦げ茶のコントラストは……」

両眼と指が覚えているとおりに、三つの部品を組み合わせる。

魔笛《まてき》合体！

「…………ソプラノリコーダー？」

魔族の至宝と称《しょう》される貴重な笛が、そこら辺に転がってるソプラノリコーダー？

ランドセルに挿《さ》したまま登下校したり、時には武器として大活躍《かつやく》したり、ちょっとストーカー入った奴《やつ》になると、好きな女の子のをこっそり舐《な》めてみたりしたくなるけどやらなかったりでも誘惑《ゆうわく》に駆《か》られたりして…………えええええーっ⁉

試《ため》しに音だけ出してみよう。もしかしたら見かけはこんな庶民《しよみん》的でも、音色は超《ちよう》一流の逸品《いつぴん》かもしれない。楽器は見た目じゃ判るまい。土と埃《ほこり》を服で拭《ぬぐ》う。

大きく息を吸って。

ぽぴー。

「ほんとにソプラノリコーダーっ!?」

「さすがですね陛下！　手にしていきなり音が出せるなんて！　ほら日本の諺《ことわざ》でも言うじゃないですか、桃栗《ももくり》三年、柿《かき》八年……」

それは尺八だよ。首ふり三年だよ。

「おれ、この楽器、初めてじゃない気がする。遠い昔にどこかで会っているような」

「そういうの、既視感《デジャ・ヴ》っていうんじゃないですか？」

「違うと思う。まあこれが赤くないけどシャア専用ザクだとしたら、量産型の方で六年近く訓練積んでたというか……」

例えのマニアックさは置いといて。もしもこれが魔笛だというのなら、音楽の授業は無駄《むだ》ではなかったことになる。あの頃《ころ》は笛の試験なんぞやらされながら、クラスの大半がこう思っていたものだ。

「こんなもんプーピー練習したところで、将来なんの役にも立ちゃしねえ」と。

人生って何が起こるか判らない。申し訳ありません、音楽教諭《きょうゆ》。

「短いほうはどうやって手に入れたんです？」

「これはニコラに貰《もら》ったんだよ。ニコラは彼氏のゲーゲンヒューバーに……ああ、そうか！」

スヴェレラの首都を逃《に》げ回っている自分達が、リプレイ状態で浮《う》かんできた。ヒューブを救うために好きでもない男と結婚《けっこん》しようとしていた花嫁《はなよめ》。純白のドレスで走りだす彼女。投げ捨てたブーケを受け取る神父さん……これは削除《さくじょ》。

魔族の協力者と名乗り出た坊主《ぼうず》頭の男、彼の孫で成長の遅《おそ》い十歳の少年。母親は慣習に背《そむ》く婚姻《こんいん》をし、連行された先で子供を産んだ。十年前にグウェンダルに似た魔族の男が、生まれたばかりの孫息子を連れてきてくれた。

「ヒューブだ。全部ゲーゲンヒューバーに繋《つな》がってるんだよ」

途中《とちゅう》から殊更《ことさら》ゆっくりと歩いてきたヴォルフラムが、親戚《しんせき》の名を聞いていっそう不機嫌《きげん》になった。

「ヒューブがどうした？」

「隠《かく》したんだよ、この部品を！　埋《う》められたばかりの赤《あか》ん坊《ぼう》の墓に！　生まれてすぐに母親から離されて、死にかけている赤ん坊を掘《ほ》り返したんだ。ノリカ！」

説明の半分も理解できていない母親は、無意識に乱れた髪《かみ》を指で梳《す》いていた。

「あんたの子供は生きてるよ！　力になれると思うんだ」

「あたしの息子が？」

「そう。あんたの父親の名前は？」

答えは聞かなくても判っている。

「シャスだけど」

「だよなッ。ちょっと足の悪いおっさんだよな。あんたの父親は……実の娘を売っ……密告したのかな……」

ノリカはゆっくりと首を振り、泣きそうな笑《え》みを浮《う》かべて否定した。

「あたしを売ったのは別の人。気を許していた果物屋の女主人に、ついつい口を滑《すべ》らせちゃったんだよ」

よかった、きっと家族と再会できるよ。おれの名にかけて、約束する。

「だが、ゲーゲンヒューバー本人は、一体どこへ姿を眩《くら》ましたんだ？」

人間のことなどどうでもいいという態度で、ヴォルフラムが新たな疑問を口にした。

「……それがわかんないんだよなぁ」

愛《いと》しいニコラをほうってまで。

11

法石の採掘《さいくつ》現場を破壊《はかい》して、地中に潜《もぐ》る穴を塞《ふさ》いだのは、どうやらおれの手柄《てがら》らしい。こんな身長でどうやって岩山を崩《くず》したのだろう。ブルドーザーとか使っていたら、それこそ無免許《めんきょ》で逮捕《たいほ》される。

コンラッドにもヴォルフラムにも訊《き》いてみたが、目も合わせずに口を閉《と》ざすばかり。よほど恥《は》ずかしい魔術を披露《ひろう》してしまったのだろう。全裸《ぜんら》でいきなり踊《おど》るとか。

スヴェレラ軍が態勢を整えて討伐《とうばつ》隊を差し向けてくる前に、現地を離《はな》れてしまおうと、おれたちは往路の倍の大所帯となり国境の砂丘《さきゅう》へと出立した。

長い年月、理不尽《りふじん》な労働に従属させられてきた女性達は、第二の人生を開拓《かいたく》するべく、脱走《だっそう》実行を決意した。騎乗《きじょう》する特権を譲《ゆず》ったところ、我々魔族側の兵は徒歩ということになってしまった。まあここはファースト・レディーの考え方で行こう。

「陛下、それはレディー・ファーストっていうんじゃないかな」

「なんにしろおれだけ馬車だなんて気が咎《とが》めるよう」

「馬車じゃなくて、ソリだ。ソリ」

ニコラとヴォルフラムとおれは四人乗りの馬ゾリで、オリエント急行さながらの優雅《ゆうが》な旅だ。

当初はグウェンダルも車中の人だったのだが、本人の強い意志で乗馬班となった。肋骨《ろっこつ》が二本、折れているのに。

その上、おれは二人がけの座席に横たえられ、頭部を柔《やわ》らかい場所に載《の》せられている。

フォンビーレフェルト卿《きょう》ヴォルフラムの、膝《ひざ》に。

「ううう、なんで男に膝枕《ひざまくら》⁉」

「お前は大魔術を使った後に、いつも二、三日は寝込《ね》むだろう。なのに今回は二時間しか眠《ねむ》らなかった。いいか、二時間だぞ？ あれだけおぞましい術を見せつけて、二時間てことはないだろう。それで一応、大事をとって、ソリ班の一人に入れたのだ」

「……だからって、どうしてお前に膝枕⁉」

「嬉《うれ》しいだろ」

「嬉しいもんかッ」

「あのー」

ヒューブに会えなかったと聞いて、大声をあげて泣いたニコラだが、彼氏の故郷に住めると知った途端《とたん》にすっかり元気を取り戻《もど》した。元々が単純な前向き思考で、楽観的な部分もあるらしい。誰《だれ》もがつられて笑ってしまいそうな、にっこり強化月間で尋《たず》ねてくる。

「とっても仲が良さそうに見えるんだけど、結局ユーリはお兄様と弟さんの、どちらと結ばれることにしたの？」

「むす……結ばれねぇよっ、どっちともッ」

「え、じゃあわざわざ何のために駆け落ち紛《まが》いのことまで……」

「おれはしてな……」

「こいつは不貞《ふてい》で尻軽《しりがる》だからな」

頭突《ずつ》きをお見舞《みま》いしてやろうと勢いをつけて起き上がるが、どんなツボを押さえた技《わざ》なのか、額を一押しで戻されてしまう。

引き戸代わりの幕を持ち上げて脇《わき》を進みながら、コンラッドが朗《ほが》らかに口を挟《はさ》んだ。

「じきに国境の街なんですけど……陛下？　あ、そこですか。膝の上なんかにいるから判りませんでしたよ」

「助けてコンラッド！　あんたの後ろでタンデムでいいから、おれも馬に乗せてくれ！」

「そう言われましても、怪我《けが》人扱《あつか》いですからね」

「じゃあ車酔《よ》い。おれ馬車酔いで、外の風にガンガン当たりたいからっ、連れ出して、こっからどうにか連れ出してくれよーっ」

苦笑《くしょう》混じりの次男の活躍《かつやく》で、どうにか外には出られたものの、今度は朝の日射しの眩《まぶ》しさに、面と向かって太陽の方角を向けない始末。

遠慮《えんりょ》もなく腹に腕《うで》を回しながら、彼の身体《からだ》で陽《ひ》を避《さ》ける。しがみつく背中の大きさも、きっと兄弟で似ているのだろう。

「そういえばさあ、あんたとグウェンって、意外と似てるとこがあんのな」

「意外と、ですか？」

「うん。ぜんっぜん共通点ないと思ってたから」

しかも長兄の笑うところなど、一度として拝めていなかったので。リズミカルに揺《ゆ》れる日向《ひなた》の旅に、徐々《じょじょ》に睡魔《すいま》が忍《しの》び寄る。適度に低くさざめく声が、耳をなぞって心地いい。

「俺は怒《おこ》られてしまいましたよ」

「怒られたぁ？　誰に何を」

「グウェンダルに。あの手は何だ、ってね」

左手はすっかり自由で軽い。赤くひりつく擦《す》り傷と、筋肉痛が残るだけだ。だが、相棒のほうはそう簡単には終わらなかった。強い魔力を持ったまま、法術のかかった手錠《てじょう》で繋がれていたのだ。軽度とはいえ広範囲《こうはんい》の火傷《やけど》と、最初のトラブルで折った肋《あばら》二本。満身創痍《まんしんそうい》の生きた見本だ。おれならしくしく泣いている。

「手が、なに」

「利《き》き腕の掌《てのひら》に触《さわ》ったところ、タコがあるのに気付いたらしい。毎日の素振《すぶ》りの成果だと感心したのも束《つか》の間、剣《けん》ダコと微妙《びみょう》に位置が違《ちが》うし」

「そりゃそうだ、振ってるもんが違うよ」

毎晩確実に百スイング。最近は木製のバットに変えたりもしている。中学野球をクビになったプレーヤーとしては、異様に前向きなプロ志向。

「それで俺に、お前は何を教えているんだと、剣の正しい握《にぎ》り方なんて、初歩中の初歩、基本中の基本だろうというお叱《しか》りが」

「責任転嫁《てんか》だー」

「そう言ってやってください」

おれみたいな小心者が、フォンヴォルテール卿に意見することなど、かなりの助走でもつけない限り不可能だ。たまにその場の勢いで、命知らずな発言をしてしまうこともあるけど。

「かなり打《と》ち解けたみたいじゃないですか」

「そっかなー」

ずっと前をゆく長男の、後ろ姿を盗《ぬす》み見る。背筋を伸《の》ばして騎乗している様子は、とても怪我人とは思えない。その精神力は尊敬に値《あたい》する。

「まあ、もしかして嫌《きら》われてるわけじゃないのかなー、ってくらいにはなったけど」

「言ったじゃないですか、彼がユーリを嫌いなわけがないって」

出会いも相性《あいしょう》も最悪だったんだから、信じろといわれても到底《とうてい》無理だ。

「でもなー、おれの我が儘《まま》のせいで、あんな怪我までさせちゃったわけだから、ますます株が下がったかもね。けど」

グウェンダルが実はいい奴《やつ》なのだと、最初に教えてくれたのはコンラッドだ。だから彼の評価が変わったことは、きちんと報告するべきだろう。おれと長男の距離《きょり》が近付くのを、誰より喜んでくれるはずだ。

「こんなこと聞かれたら殴《なぐ》られそうだけど、結果的には得したかなーとも思うんだ。やっぱ一緒《いっしょ》にやってく人とは、親しくなっておきたいだろ。少なくともグウェンにも人並みに弱点があって、感情的になったりごくまれに笑うこともあるんだって、おれ初めて知ったからさ」

「……ですね」

「え？」

わざわざ首を捻《ひね》ってこちらを向き、もう一度繰《く》り返してくれる。その時にはいつもどおりの笑《え》みだった。

「悔《くや》しいね。後《おく》れをとったようで」

「なーに言ってんだよ。あんたたち兄弟なんだからさ、おれなんかよりもこの先ずっと時間があるじゃん。星でも眺《なが》めて語り合ってみなよ。おにーちゃんがどんな人か解るってェ」

後方を見た彼が、不意に険しい表情になる。遥《はる》か遠くにちらりとだが、砂煙《すなけむり》が立つのを確認《かくにん》したからだ。

「追っ手ですよ。早いな……あれだけ恐怖心《きょうふ》を植え付けたのに」

「すげえ、どうやって恐怖体験なんかさせたわけ？　あの悪代官と手下どもに」

こちらは徒歩の者もいるし、乗り慣れない馬で苦心している女性も多い。このままではいずれ、追いつかれてしまう。

近くにいた兵を先頭集団に走らせてから、コンラッドはおれをソリへと戻そうとした。

「弓兵が多くいる場合は、布一枚で命拾いすることもあるから」

「ちょっと待てよ、だったら一人でも多くの女の人を、馬車ん中に避難《ひなん》させるのが先なんじゃねーの⁉」

「また物分かりの悪いことを。言ったでしょう、陛下の生命が最優先だって」

「けど……」

言い募《つの》ろうとしたおれの視線の先に、不吉《ふきつ》な物が飛び込んできた。

見覚えのある可愛《かわい》い姿が、砂丘《さきゅう》の中央でじたばたしている。両手を広げて上下させ、藁《わら》をも摑《つか》みたそうな名演技だ。あれが溺《おぼ》れているのでないことは、往路の経験で身に染《し》みている。

「あいたー……あそこに砂熊《すなくま》が居るよ」

「どこにですっ⁉」

おれ以外の者には見えないらしい。初対面の時もそうだった。何らかの法術的トラップが仕《し》掛《か》けてあると、グウェンダルも言っていた。進行方向を変えたとしても、その間に追撃《ついげき》を喰《く》らうことになる。しかもご婦人方に気付かれれば、まず間違いなくパニックだ。かなりのレベルの危機的状況《じょうきょう》。

いわゆる前門のパンダ、後門のモヒカン。

「せめて追っ手を足止めできれば」

少々の焦《あせ》りをにじませた声で、コンラッドが剣の柄《つか》に手をかけながら言った。こんな時、仲間内に猫《ねこ》型ロボットがいてくれれば、便利なグッズを出してもらえるのに。ポケットに何か入っていないかと、何気なく腰《こし》に指をやる。

他の皆《みな》が剣を帯びている位置に、おれも細長い物を挿《さ》していた。

オフホワイトと焦《こ》げ茶のツートンカラー。目をつぶっても指の置ける絶妙《ぜつみょう》の穴間隔《かんかく》。

「……そぷらのりこーだー、とか?」

外犬が半ば本能でするように、所詮《しょせん》は地中に埋《う》められていた宝物だ。駄目《だめ》で元々、本物ならめっけもん。おれさまの笛を聞け！　とばかりに、野球で鍛《きた》えた肺活量をご披露《ひろう》した。

ふひぃぃぃぃ。

強く吹《ふ》きすぎて老婆《ろうば》の悲鳴みたいな音になり、一行の視線はおれに釘付《くぎづ》けだ。砂丘は暑く乾《かわ》いたまま、雨の降りそうな気配もない。けれど、ファーストストライクで諦《あきら》めたら男が廃《すた》る。バットをリコーダーに持ち替《か》えて、吹き慣れた曲に再挑戦《ちょうせん》。

日本の小中学生なら殆《ほとん》どが演奏できるという、超《ちょう》有名楽曲『茶色の小瓶《こびん》』だ。音楽のテストでは満点をとった。兵士達がお世辞で拍手《はくしゅ》をくれる。

「陛下、お上手ですが……」

次の曲いってみよう！　その間にもコンラッドは追っ手の数を予測し、先頭のグウェンダルに指でサインを送っていた。ちょっと見、インハイに緩《ゆる》めの変化球って感じ。

おれは西武ライオンズ応援歌《おうえんか》を吹き、新応援歌を吹き、球団歌を吹いて小林亜星《こばやしあせい》に祈《いの》った。レパートリーが尽《つ》きかけてジャングル大帝《たいてい》も吹き、レオのレの音で息切れした。

迎撃《げいげき》のために陣形《じんけい》を整えようと、周囲の動きも慌《あわ》ただしくなり、ど素人《しろうと》のソロ・リサイタルに耳を傾《かたむ》ける人も少なくなった頃《ころ》には、数少ないレパートリーも尽きかけていた。もはや完奏できそうなのは、とても短い一曲しか残されていない。

前方のパンダ舎から、大柄《おおがら》な人影《ひとかげ》が走ってくる。コンラッドが目を眇《すが》めて呟《つぶや》いた。

「……ライアン？」

どのライアン？　プライベート・ライアンとメグ・ライアンとメジロライアンのどれよ？　悩《なや》みつつも伊東勤《いとうつとむ》マーチを演奏中。調子っ外れな高音を出す。

「あ」

この非常時に腹が鳴った。いやしい系キャラすぎてお恥《は》ずかしい。皆がざわめきだす。

「雷《かみなり》だ」

「あっごめん今のおれのハラ……」

黄色かった砂がどんどん灰色になり、首筋を焼いていた陽光がなくなった。見上げると黒雲が空の全《すべ》てを覆《おお》い、顔に最初の一滴《ひとしずく》が落ちてくる。

「まさか、雨男？」

水滴《すいてき》はすぐに痛いくらいの豪雨《ごうう》に変わり、馬にも人にも容赦《ようしゃ》なく襲《おそ》いかかった。稲妻《いなずま》と雷鳴《らいめい》が天を走る。

雨どころか嵐《あらし》を呼ぶ男だったようだ。こんな時になんだが、さすがに砂地。信じられないくらい水捌《みずは》けがいい。

女達が口々に叫《さけ》んだ。

「雨将軍よ、雨将軍だわ！」

どこの国にもあるらしい。気象関係を司《つかさど》る将軍職が。


「ではライアンはわずか五日足らずで、あの凶暴《きょうぼう》な砂熊を手懐《てなず》けたというのですか!?」

教育係は大げさに眉《まゆ》を上げてみせた。迂闊《うかつ》に指紋《しもん》を付けないようにと、魔笛《まてき》を布でくるんで捧《ささ》げ持っている。よりによって墓地の片隅《かたすみ》に、死体代わりに埋められていたと知ったら、嘆《なげ》き声が城中に響《ひび》き渡《わた》りそう。

「らしいな、俺も驚《おどろ》いた。無類の動物好きだとは聞いていたが」

「凶悪《きょうあく》パンダをしつけちゃうとは思わないよなー」

豪雨で足止めされた敵軍を後目《しりめ》に、おれたちはライアンさんの先導で、すっかり人慣れした砂熊の巣に避難させてもらった。そこから先は概《おおむ》ね快適な旅で、日照り続きだったのが嘘《うそ》みたいに、スヴェレラの砂丘には雨が降った。

久々に王都に帰還《きかん》してみると、何やらギュンターが怯《おび》えていた。人の心を持たぬ魔女に、実験台にされたらしい。カーベルニコフ地方は通過しただけで、直接王城に戻《もど》って来たため、男達が恐《おそ》れるアニシナ嬢《じょう》には結局会えず仕舞《じま》いだった。

この分だと会わないほうが幸せかもしれない。

ゲーゲンヒューバーの行方《ゆくえ》が知れず、ニコラは泣いたり笑ったりを何度も繰り返したが、結局はグリーセラ家に嫁入《よめい》りすることで自分と子供の家を持った。二十年近くも嫡子《ちゃくし》が戻らなかったので、グリーセラ家の当主は殊《こと》のほか喜んだ。諦めかけていたところへ、突然《とつぜん》、孫ができるのだ。おれの名前を頂戴《ちょうだい》するとか言っている。漢字じゃなければ大丈夫《だいじょうぶ》だろう。

驚いたのはギュンターの服のセンスが、ガラリと変わっていたことだ。

灰色の髪《かみ》を後ろできっちりまとめ、縁《ふち》の細く華奢《きゃしゃ》な眼鏡《めがね》をかけているのだが、身に着けているのはオフホワイトの僧衣《そうい》ではなく、おれの着てきたTシャツの模造品だった。

「陛下とお気持ちを共にするべく、お召《め》し物を誂《あつら》えさせていただきました。これでもう離《はな》れていても心はひとつ、いつでもお側《そば》にいられます！　如何《いかが》です？」

「そんな、森の音楽家みたいに訊《き》かれても……ていうか、随分《ずいぶん》ぴちぴちじゃねえ？」

黒地にプリントのTシャツは、サイズまで正確に再現されていた。肩《かた》も胸も非常に窮屈《きゅうくつ》そうで、下手をすれば臍《へそ》までのぞきそう。しかもアルファベットのEが逆さまだ。村田健に言わせるとおれの服選びは最悪だそうだが、これが国中に流行《はや》っちゃったらどうしよう。

「それにしても初めて手にした魔笛を吹きこなされるとは、さすがは陛下。音楽にも並々ならぬ才能をお持ちです！」

「日本の子供は殆《ほとん》ど吹けるけどね」

「なんという高尚《こうしょう》な音楽教育でしょう！　魔笛の奏者を養成するのが目的ですか？」

そんなばかな。

ニコラの保証人としてグリーセラ家に出向いていたグウェンダルからは、バンドウくんキーホルダーのお返しのつもりなのか、三十センチ程のあみぐるみが届けられた。あの長くてごつい十本の指先から、こんな繊細《せんさい》な物が生まれるわけか。

「へえ、かわいいシロブタちゃんだな」

含《ふく》み笑いでコンラッドが言った。

「どうやらそれは白いライオンらしいですよ」

「えっ!?　だって、鬣《たてがみ》がないからさっ。じゃあ雌《めす》ってこと？　レオちゃんじゃなくてレオ子ちゃん？」

かなり個性的なライナちゃんだった。

12

「これはまた、えらく大胆《だいたん》な誘《さそ》い方だな」

意を決してヴォルフラムの部屋の扉《とびら》を叩《たた》いたおれに、美少年は複雑な表情で小首を傾《かし》げた。

普段《ふだん》のおれからは想像もできないらしく、綺麗《きれい》な色の唇《くちびる》を噤《つぐ》んでいる。

「一緒《いっしょ》に風呂《ふろ》に入ってくれるだけでいいんだって。恥ずかしけりゃ海パン穿《は》いたままでもいいからさ」

「二人きりなら別に恥ずかしくはないが……」

「じゃあ風呂、今すぐ！　急いでるんだ。おい何の準備してるんだよ、タオルと替えパンだけで充分《じゅうぶん》だよっ」

部屋の奥で妙《みょう》な道具まで用意している。いくらなんでもアヒルちゃんは要《い》らないだろう。

頬《ほお》を緩める三男を引っ張って、勝手知ったる王城の風呂場に向かった。

魔王《まおう》陛下のプライベートバスは相変わらず豪華《ごうか》で、クリーム色を基調とした巨大《きょだい》な浴槽《よくそう》は、公式記録が計れそうな規模だった。練習用のプールもない暑い国に、これを部屋ごと寄付してあげたい。

本日はセクシークィーン・ツェリ様も、背中流しジョーズなシュバリエもいないが、角が五本の牛の口から、湯はごぼごぼと流れっぱなし。泳ぎ放題、飲み放題だ。

「いちにの」

さん。

呆気《あっけ》にとられるヴォルフラムの目の前で、服のまま鼻を摘《つま》んで浴槽に飛び込んだ。一瞬《いっしゅん》だけ沈《しず》んで底にぶつかりそうになるが、すぐに浮《う》かんできてしまう。

「ぷは」

「何をやっているんだ?」

「悪ィ、ちょっと背中押してみてくれる?」

髪からもシャツからも水を滴《したた》らせながら、おれは再びプールサイドにしゃがみこんだ。

「押して」

「だから、どういう遊びだ?」

むりやり押させて水面に落ちても、やっぱりすぐに浮いてしまう。おかしい。

「おっかしいんだよ……ぎゃ、なんだよッ飛び込むなって!」

輝《かがや》く金髪《きんぱつ》をずぶ濡《ぬ》れにして、ヴォルフラムまで第一コースに入ってきた。天使の水浴びという光景だが、おれを真似《まね》て服は着たままだ。平泳ぎで二掻《か》き進んでくる。

「お前がダイブしてどーすんだよっ! お前はいいの、おれを押してくれれば」

白い腕《うで》を首にからめてくる。

かろうじて押し倒されずに済んだのは、浮力《ふりょく》のおかげに他《ほか》ならない。

「抱《だ》きつくなよっ」

「斬新《ざんしん》なやり方を試《ため》すんじゃないのか?」

「やり方ってどの……ヴォルフ、よからぬ期待をしていたな!?」

おれがこんなに切羽詰《せっぱつ》まっているのに、相手は何やら楽しげな想像を膨《ふく》らませていたのかと思うと、こみ上げる怒《いか》りを通り越《こ》して、情けなさに頭《こうべ》を垂れてしまう。風呂の底にしっかりと足の裏をつけて、ゆっくり膝《ひざ》を伸《の》ばしてみた。

吸い込まれない。

「……帰れないんだよ」

「はあ? ちゃんと帰ってきただろう」

「そうじゃない。スヴェレラからコナンシアを抜《ぬ》けて、眞魔《しんま》国には戻って来られたけど、今度は自分ちに行けなくなっちゃったんだよっ」

ガキみたいに水を撥《は》ねさせて、両腕《りょううで》を不規則に振《ふ》り回してみた。顔に湯がかかるのを避《さ》けようと、三男は軽く背伸びをする。

「帰れねーんだよ、家に、地球に、日本に! この前もその前も水関係だったから、今度も風呂からだろうと思ってやってみたけど、一人じゃどうしても駄目《だめ》なんだよッ! だからこの間みたいにお前に追い詰《つ》められれば、ピーンチってんでスターツアーズかかるかもって気が付いて……押してもらったけどやっぱ駄目なんだよっ」

「なんだとー？」

「……ヴォルフ、顔が森進一《もりしんいち》になってるぞ」

眉間《みけん》と鼻に絶妙《ぜつみょう》な皺《しわ》を寄せて、魔族の元プリンスは顎《あご》を上げた。小刻みに肩を揺《ゆ》すっている。

「そんなことのためにぼくを使おうとしたのか？」

「そんなことって、あのなあ、おれにとってどれだけ重要なことか」

「だってお前はもうこの国の魔王なんだから、どこにも行く必要はないだろう？　ユーリにとって帰るといえばこの城だ。ずっと、半永久的に、永遠にいるのが当たり前じゃないか」

意地悪く強調する言葉をいくつも並べる。美形に正論を突《つ》きつけられると、通常の倍のダメージを受ける。彼の言い分は恐《おそ》らく事実であり、おれの飛び込みは八割方、悪足掻《わるあが》きだ。

でも、日本に戻《もど》れなくなるなんて、まったく考えていなかったんだ。

「だってそーだろ⁉　前もこの前もそうだったじゃん。それなりに一生懸命《いっしょうけんめい》、ベストを尽《つ》くして事件を解決すれば、ステージクリアで帰れただろ⁉　今度だって魔笛もゲットしたし、そっくりさんも……大して似てなかったけど、無事に保護したし、ノーマルモードレベルとはいえ、どうにか作戦成功だろ。なのになんで帰れねーの？　セーブできねぇの？　もう二度と向こうに戻れないんだとしたら、おれこのまま眞魔国でどうなっちゃうの⁉」

「魔王として暮らすんだよ」

耳にタコができるくらい聞き慣れた単語なのに、一瞬、息が止まるかと思った。

そうだよ、おれはその地位に就《つ》くって宣言したよ。確かに皆《みな》の前で誓《ちか》ったさ。

「でも帰れないなんて……考えてもみなかったんだ。だって日本に戻れなかったら、西武が優勝できるかどうかも見届けられないじゃないか。伊東さんからインサイドワーク学ぶこともできないじゃないか。それどころか野球が二度と観《み》られないじゃないか」

「新しい球技団体を設立すればいい。国技にするって息巻いていただろう」

「おれまだそんな、上級者じゃねーもん」

水を吸った布が、ひどく重い。なのに身体《からだ》は沈まない。

「それにチームも学校も、友人も……村田だっておれが沈んだきり浮かんでこなかったら、驚《おどろ》いて責任感じるだろうし」

もしかして現代日本の渋谷有利は、シーワールドのイルカショーで死んだのだろうか。今ここで息をしているのは別の肉体で、準備体操もせずに入ったプールで心臓麻痺《まひ》を起こし、苦しむ間もなく死んだのだろうか。

だから帰れなくなったのか?

「だったら……どうしよう……家族に何て言おう……いやもう何一つ言えないのかも。おれにだって妻子が」

「こんな時に揚《あ》げ足とるなよっ、親兄弟だよ、おれにだって親も兄貴もいるんだ、急に家族に会えなくなるなんて……そんなばかな、そんな理不尽《りふじん》なこと」

「妻子がいるのか⁉」

「解らないやつだな」

濡れてはりつく前髪《まえがみ》を掻きあげると、ヴォルフラムは二歳くらい年上に見えた。エメラルドグリーンの高慢《こうまん》そうな瞳《ひとみ》が眇《すが》められる。彼は本当に天使の顔で、残酷《ざんこく》な現実を突きつける。

「お前はこの世界に属する者だ。魂《たましい》の属する場所からは逃《に》げられない」

「誰《だれ》も教えてくれなかっただろ」

語尾《ごび》が微《かす》かに震《ふる》えるのが、自分の耳でも聞き取れた。

「それくらいの覚悟《かくご》もなかったのか？」

おれは安易に選びすぎたんだ。

これ以上、沈黙《ちんもく》を続けると、みっともない姿を曝《さら》してしまいそうだ。

おれは勢いよく湯に潜《もぐ》り、何度も底を押してみた。可能な限り水中で待ち、通い慣れた道が開かないかと目を凝《こ》らした。

自棄《やけ》を起こしちゃいけない、冷静になれ。ピンチの後にはチャンスがあるって、昔から解説者が言ってるじゃないか。追い詰められた時こそ落ち着いて、周囲をゆっくり見回さなくては打破できない。

どんな格言を並べても、非常識な水流は現れなかった。

「おいっ」

ヴォルフラムに引き上げられるまで、息をするのも忘れていた。

別離《わかれ》は突然訪れる。
準備も覚悟も、許されない。

ムラケンズ的次回予告

「こんばんはー、ムラケンズのムラケンこと村田《むらた》健《けん》でーす」

「……渋谷《しぶや》です」

「さて渋谷くん、世の中すっかり冬になりまして、夏には想像もつかなかったような寒い日々が続いてますねえ。あの頃《ころ》は、八月で三十六度なんだから十二月には六十度くらいになってるんじゃないだろうかって、毎日心配していたもんですけど」

「しねーよ！　そんなこと」

「なのにすっかり寒くなっちゃって、ふと気付くと今年も残すところ一ヵ月。もうすぐみんながプレゼントを交換《こうかん》するという、あの有名な方の誕生日ですよ」

「クリスマス？」

「いや、天皇誕生日」

「二十三日かよ!?　日本の祝祭日か!?」

「じゃあクリスマスにしとく？　ご自分へのクリスマスプレゼントとして文庫本を買われる方も多い……というか多いといいなあと思ってるんですが。この『今夜㋮』を読んでくれているあなたにもちょっとだけプレゼントとして次回予告！　今回、あれーってとこで終わっちゃった渋谷有利の旅ですが、もしもピアノが弾《ひ》けたなら、じゃなくてもしも次回があるのなら……」

「てゆーか、あんのかよ!?」

「だからもしあったとしてね。眞魔国《しんま》での滞在《たいざい》期間が長くなり、段々と拗《す》ねてきたユーリは、ある日、真実を映すという鏡の存在を知り、独りでこっそりと城を出ます。とはいえそこは小市民的正義感の持ち主である彼のこと、黙《だま》って姿をくらますわけにはいかず、覚えたての魔族《まぞく》文字で置き手紙を残してみた。ところが、家出しますと書いたつもりが、出家しますとの大間《ま》違《ちが》い！　邪《よこしま》な愛に身をやつすギュンター、愛の独占《どくせん》禁止法違反のヴォルフラムはおろか、カップリング・マリアナ海溝《かいこう》並の大穴グウェンダル、スカッとさわやかコンラッドにさえ手の届かないような場所での過酷《かこく》な修行《しゅぎょう》が……」

「なんだよそのキャッチフレーズ、古舘伊知郎《ふるたちいちろう》かっつーの！」

「一方、国内に残された魔族の花嫁《はなよめ》、ニコラちゃんが産む子供の名前は、娘《むすめ》だったらコニコラ、息子《むすこ》だったら陛下の名前から三文字もらってコユーリ、落語家だったらコユーザ」

「落語家って何だよ!?　落語家って！」

「果たしてユーリは仲間の待つ自分の城に戻《もど》れるのか、気になる魔術はまたしてもえげつないのか!?　次回こそラブあんどバトルと毒々モンスターてんこもり、野球満載《まんさい》でお送りします！　その名も『明日は㋮のつく風が吹く！』略して『あした㋮』どうぞ宜し……がくり」

「って、終わりかよ!?　そんな内容なの!?　てゆーか村田、お前ってホントは何歳？」

あとがき

　ごきげんですか、喬林です。私は、ごきげんどころかへとへとです。それというのも今回、この本の本文を書き上げるにあたって、次々と新たなる試練が与《あた》えられたからです。そもそも渋谷《しぶや》ユーリＰａｒｔⅢを書くことになったとき、私は「いくらタカバヤシがファンタジー（超《ちょう》苦手）で一人称《いちにんしょう》（激苦手）で主人公以外ほとんど美形（泣くほど苦手）であったとしても、もう登場人物の言動も固まってきているし、スムーズに進むことであろう」などと楽観的なことを考えていたのでした。

　あまかった。返す返すも海女《あま》だった。潜《もぐ》りっぱなしというか沈《しず》みっぱなし。

　先程名前の挙がりました渋谷有利が、この小説の主人公です。彼の外見や巻き込まれる事件に関しては、巻頭の登場人物紹介《しょうかい》と裏表紙の七行一発勝負あらすじにてご確認《かくにん》ください。私の申し上げるべきことはただひとつ、これは『今日から㋮のつく自由業！』『今度は㋮のつく最終兵器！』の続編だということだけです。上記二冊はビーンズ文庫より、全国書店にて渋々《しぶしぶ》発売中、のはず。合い言葉でも告げないと出してもらえないのだろうかと思うほど、私の目にはふれません。自己責任で密《ひそ》かに買い占《し》めようにも、行方《ゆくえ》が判《わか》らなくなっています。目撃《もくげき》情報募《ぼ》集中《しゅうちゅう》。続編だとは書きましたが、一話完結にしようと努力したため「ごく普通《ふつう》の高校生が洋式便器から異世界に流れ着き、旅先でへなちょこぶりを大発揮！」という、ありがちな設定を頭に入れておけば、どこから読まれても大丈夫《だいじょうぶ》です。でも、こいつ最初からこういう奴《やつ》だったわけ？　などの疑問を感じたら、書店チェックしてみてくださいね。

人物設定ができているからと余裕《よゆう》で取りかかった今回でしたが、そこには予想もつかない落とし穴が、ぽかりと口を開けていたのでした。試練一、西武ライオンズが優勝しなかった。ああああああ。試練二、超一流有名捕手《ほしゅ》Iさん（バレバレ）の監督《かんとく》就任問題が長引いた。ぐあああああああ！　と、この二つで私と渋谷はのたうち回り、メンタル面で大打撃を受けてしまったのでした。まあここまでの試練は、私の未熟さゆえのことです。でも残る一つはすごかった。最強最悪の大試練。せっかく仕事を与えられた直後、こともあろうにワープロの寿命《じゅみょう》が。

約十年間さして大きな故障もトラブルもなく、元気に働いていた相方が、ある日突然《とつぜん》の引退宣言。頭脳部分は正常なのに、液晶《えきしょう》が真っ黒になったんですよ。急遽《きゅうきょ》代理を捜《さが》しましたが、今はパソコン主流の時代。ワープロ専用機は絶滅《ぜつめつ》危惧《きぐ》種《しゅ》で、ワシントン条約で売買が禁止されています（そんなことはない）。とりあえずパソコンを購入《こうにゅう》するとして、どの機種を買ったらいいのか迷ってるうちに、見かねた足長おねーさんが、使ってないノートを貸してくれました。礼もそこそこに原稿《げんこう》に取りかかりましたが、今度はマシンの性能の違《ちが》いについていけない。解《わか》りやすくいうと（解りにくいと大評判！）これまでストレートとカーブしか球種はないけど、とにかく丈夫で連投しても疲《つか》れ知らずな剛腕《ごうわん》投手とバッテリー組んでいたのに、いきなりレンタル移籍《いせき》してきた、七色の変化球を持つ技巧派《ぎこう》投手と組まされた！　みたいな感じです。いわゆるバッドコミュニケーションのまま試合に出ていたため、ついには私自身がバッティングフォームを崩《くず》し、どんな風にヒットを打ってたのかも思い出せなくなる始末。あれータカバヤシ、どんな具合で文章を書いてたっけ？　そんな日々が延々と続き、現在に至る……。

ネットに出入りできる環境《かんきょう》にもなったのですが「今日はプロバイダのHPまで行ってきたよ！」「で？」「怖《こわ》くなって帰ってきたよ」「………」というような状態なので、その先にはほとんど行けていません。せっかくお勧《すす》めサイト情報をもらうのですが、今のとこ全《すべ》て手書きでアドレスをメモしてます。どうした喬林、冷蔵庫や電子レンジにまで先を越《こ》されてるぞ⁉　IT革命とはすなわち伊東勤《いとうつとむ》革命のことじゃないんだぞ⁉　こんなへなちょこな私ですが、ゆくゆくは自分サイトの作成などにも挑戦《ちょうせん》したいです……。メールさえ満足にできない奴が？

さて、予定外の大苦戦で書き上げた『今夜㋮』ですが、今回は活躍《かつやく》パーセンテージも予想外。え、あの人があんなことを⁉　とか、うわあこの終わり方でどーすんだ⁉　とか、人はどこから来てどこへ行くの？　てなことが過積載《かせきさい》です。購入前にあとがきだけ読んでるお客様は、これでレジに向かう気になってくれたかな（なってくれ）。皆様《みなさま》が「あとがき先派」なのか「順番派」なのかを知る手段は、もはやお手紙での情報しか残されていません。

そういえば最近いただくお手紙で、キャラクターの声をキャスティングしてくださる方が増えつつあります。皆さん何故《なぜ》かヴォルフラムにこだわりがある様子で、他は未定だけど彼だけはこういう感じ！　って熱く語る文章が多いです。私は特に考えたことがなかったけど、迫《はく》力《りょく》の重低音だから長男は安岡力也《やすおかりきや》（改め、力也？）かなあと。ああでもそれじゃ怖すぎるから、ＤｏｎＤｏｋｏＤｏｎの山口《やまぐち》さん一人いれば全員できるじゃん（安上がり？）とか。いずれにせよ、二冊しか発行されていない拙作《せっさく》で、イメージを膨《ふく》らませてもらえて嬉《うれ》しい限りです。声を届けてくれた皆様には、これまでお返事ペーパー等をお送りしてきたのですが、このところ少々滞《とどこお》りがちです。時間的、物理的理由もさることながら、望んでいない方に返事を送りつけてしまったり、リターンアドレスのない方がいらっしゃったり、いきなりの郵便物でご家族に心配をかけてしまったりと、細かい問題が出てきました。そこで身勝手なお願いなのですが、今後、ペーパーを送ってもいいよという方は、ご自分の住所とお名前を書いて切手を貼《は》った返信用封筒《ふうとう》を同封してもらえませんか？　もちろん感想だけ伝えたいというお手紙も、ありがたく読ませていただいてますし、年賀状や暑中見舞《みま》いも大歓迎《だいかんげい》です。季節感を感じるお手紙はいいよねえ。家に籠《こ》もってると今日が何曜日か判らなくなっちゃうし（すでに斑《まだら》ボケ）。何より読者の皆さんのツッコミポイントが、それぞれ異なって興味深いです。

それから、よくお問い合わせいただく同人誌関係ですが、Ｒ・ＦＲＥＥというサークルをひっそりとやっています。夏冬の大祭のみに参加中。活動内容は不確定。そっちの同人誌とは関係なく、今回と、もしあるのなら次回の『今日㋮』で、連動企画《きかく》・名付けて二冊とも買ってくれて激ありがとう喬林独りフェア！　を画策中です。日頃《ひごろ》のご愛顧《あいこ》に感謝をこめて、薄本《うすほん》プレゼントとかどうだろう……。かなり気の長い話になりますが、興味のある方は新刊（この本）の帯を捨てないでね。ビーンズ文庫の全プレの応募券《おうぼ》は、ぜひ使っちゃってください！

さて、渋谷有利と愉快《ゆかい》な仲間達との付き合いもとうとう三冊目になったわけですが、彼にもちょっと変化が現れてきた様子です。それがプラスなのかマイナスなのか、今のところは判りません。相変わらず松本さんの挿絵《さしえ》は可愛《かわい》いし、GEG（グレートエディターごとちん）のあらすじはポップです。こいつらが美形だと信じてもらえているのは、他ならぬ松本さんの挿絵のおかげです。またしてもおバカシーンばかりですみません。それからGEG、今回は実に実に申し訳なかった！　血がにじむまで土下座しますとも！　そして朝香《あさか》さん、ついに私達隣《となり》同士《どうし》になれるのかな。この日をどんなに夢見たことか（はいそこ本人、笑わない。真剣《しんけん》）。

訪れつつある小さな変化は、皆様の目にはどう映っているのでしょうか。あーあこんなことになっちゃってとか、あんたこれからどうするのとか、不安心配応援《おうえん》など、様々なご意見があると思います。もしも今ここを読んでくれているあなたの中に、彼等の行く末を案じたり、叱《しっ》咤激励《たげきれい》する気持ちが芽生えたら、それを是非《ぜひ》、私に聞かせてください。

新前魔王《しんまいまおう》が成長するために、あなたの言葉が必要なんです。

喬林　知

「今夜は㋮のつく大脱走！」の感想をお寄せください。
おたよりのあて先
〒102-8078　東京都千代田区富士見2-13-3
角川書店アニメ・コミック事業部ビーンズ文庫編集部気付
「喬林　知」先生・「松本テマリ」先生
また、編集部へのご意見ご希望は、同じ住所で「ビーンズ文庫編集部」
までお寄せください。

今夜《こんや》は㋮のつく大脱走《だいだっそう》！

喬林《たかばやし》　知《とも》

角川ビーンズ文庫　BB4-3　12259

平成13年12月1日　初版発行
平成17年5月1日　20版発行

発行者――――井上伸一郎
発行所――――株式会社角川書店
東京都千代田区富士見2-13-3
電話／編集（03）3238-8506
営業（03）3238-8521
〒102-8177　振替00130-9-195208
印刷所――――暁印刷　製本所――――コオトブックライン
装幀者――――micro fish

ISBN4-04-445203-2 C0193 定価はカバーに明記してあります。

喬林 知
Tomo Takabayashi Presents
イラスト／松本テマリ
今日からマのつく自由業！
職業・魔王。
（え？ それって自由業なんすかぁ？）
公園の公衆トイレ（!）から
異世界に流された渋谷有利《ユーリ》の運命やいかに!?

●角川ビーンズ文庫●
そして、世界が終わる物語
後藤文月
イラスト／後藤　星
究極の、主従関係。
「世界を救うために、最愛のあなたを殺す」
冥王モトレオの側近クーラが選ばざるをえなかった道とは……。